美國自由行！
追星、交友、購物…

出發前7天

里昂／保羅傑克遜
合著

旅遊英語

1MP3

U0080334

山田社
Shan Tian She

前言
Preface

來去外國玩囉！7,6,5,4,3,2,1
出發前7天　馬上就要學會英語

　　出國旅遊，如果幸運的碰上「好人好景好天氣」這趟旅程就會有太多美好的故事啦！其實，到國外就連一個小小點點的餐巾紙，您都會覺得可愛到不行，看到的天空，也會覺得藍得太棒了。當然國外的音樂、繪畫、建築、手工藝等藝術作品，總能讓人感動、讓人陶醉、讓人難忘。到國外旅遊就是這樣好心情！

　　想一個人「自由行」嗎？嚮往背包客，在語言上無憂無慮地四處旅行嗎？那麼，就讓本書來幫您「輕鬆溜美語」吧！本書內容輕鬆、有趣、實用。句子簡短「好學、好記」！

　　首先，書中每個句子跟單字，都配上貼心的中文來幫您秒說英語。中文拼音簡單好唸，愈唸愈有趣、愈唸記愈牢，讓您體驗意想不到的驚喜學習！

　　《出發前7天旅遊英語》還可以輕易激發您，不知不覺脫口說美語。書中徹底活用初級會話必備的22個句型，再從這些基本句型延伸出去，只要換個關鍵字，就好像換個背景，讓您活用在各種場面。您會覺得原來說美國話就是這麼簡單、超級有趣！

　　從登上飛機開詢問「素食餐」；英美人熱愛小酒吧文化，看到坐在隔壁的您人不錯，會豪氣的說「I buy for you」（我請你喝一杯）的交友美語；到國外就是要血拼的血拼用美語；遇到麻煩，不用慌快記住這幾句美語等等。從自我介紹到聊天、從搭飛機到飯店、購物、觀光、問路，翻開書就可以溜美國話啦！

目錄 Contents

目錄 .....
Contents

22 個
超好用句型

1

我的名字叫＿＿＿。

My name is 名字
麥　　念　　以司

🔵 實用例句

我的名字叫珍。

☑ **My name is Jane.**
　麥　　念　　以司　　珍

- -

我的名字叫李淑玲。

☑ **My name is Shuling Lee.**
　麥　　念　　以司　　淑玲　　　李

替換看看

陳美玲 **Meiling Chen** 美玲 陳	大衛瑞德 **David Reed** 大衛 瑞德
瑪麗莎羅威 **Melissa Lowell** 瑪莉莎 羅威	布萊德彼特 **Brad Pitt** 布萊德 彼特

自己 Check 出發前：7天〇　6天〇　5天〇　4天〇　3天〇　2天〇　1天〇

2

> 我來自＿＿＿。
> # I am + from + 國家
> 愛 阿母　夫讓

22個超好用句型

 實用例句

我來自台灣。
☑ **I am from Taiwan.**
愛 阿母 夫讓　　台灣

我從英國來的。
☑ **I am from England.**
愛 阿母 夫讓　　印哥連

 替換看看

法國 **France** 法蘭斯	日本 **Japan** 甲胖
德國 **Germany** 糾妹衣	泰國 **Thailand** 太連的

自己 Check　出發前：7天○ 6天○ 5天○ 4天○ 3天○ 2天○ 1天○

3

這是＿＿＿的＿＿＿。
This is + 所有格 + 單數稱謂
力司 以司

 實用例句

這是他爸爸。
☐ **This is his father.**
　　力司 以司 西子　發得

這是我的老師。
☐ **This is my teacher.**
　　力司 以司 麥　　踢球

 替換看看

他們的／媽媽 **their／mother** 累兒／媽得	我們的／爸爸 **our／father** 奧兒／發得
她的／哥哥（弟弟） **her／brother** 喝兒／布拉得	你的／姊姊（妹妹） **your／sister** 油兒／夕司特

自己 Check 出發前：7天○ 6天○ 5天○ 4天○ 3天○ 2天○ 1天○

4

____ 是 ____ 。

單數名詞 + is(am) + 職業

以司（阿母）

實用例句

他是舞者。

☐ **He is a dancer.**

西 以司 惡 的厭舍

她是警察。

☐ **She is police officer.**

夕 以司 趴力司 喔否舍

替換看看

爸爸／老師
Dad ／ a teacher
爹的／惡 踢球

祖母／廚師
Grandma ／ a cook
哥厭的媽／惡 庫可

我／司機
I am ／ a driver
愛 阿母／惡 踱衣娥

艾蜜莉／設計師
Emily ／ a designer
艾蜜莉／惡 抵債兒

自己 Check 出發前：7天○ 6天○ 5天○ 4天○ 3天○ 2天○ 1天○

9

5

今天(很)_____。
It's + 形容詞 + today.
以次　　　　　　土爹

實用例句

今天很潮濕。
☐ **It's humid today.**
以次 喝尤秘的　土爹

今天下雨。
☐ **It's raining today.**
以次　銳尼恩　土爹

替換看看

涼	熱
cool	**hot**
庫了	哈特

溫暖	風很大
warm	**windy**
我兒母	我因低

自己 Check　出發前：7天○　6天○　5天○　4天○　3天○　2天○　1天○

6

_____會_____嗎？
Will + 主詞 + 動詞 ?
為而

22個超好用句型

🔊 實用例句

會下雪嗎？
☑ **Will it snow?**
　　為而 以特 司諾

你會去派對嗎？
☑ **Will you go to the party?**
　　為而 油 夠 兔 得 趴梯

替換
看看

(天氣)／出太陽 **it ／ be sunny** 以特／必 桑尼	她／來 **she ／ come** 夕／抗
彼得／去台北 **Peter ／ go to Taipei** 彼特／夠 兔 台北	你／拿 **you ／ take it** 油／貼克 以特

自己 Check　出發前：7天○　6天○　5天○　4天○　3天○　2天○　1天○

11

7

_____喜歡_____。
主詞＋love(s)＋動詞ing＋名詞
辣舞（司）

實用例句

我很喜歡打網球。
☐ **I love playing tennis.**
愛　辣舞　　普淚因　　貼尼司

他們很喜歡喝咖啡。
☐ **They love drinking coffee.**
淚　　辣舞　　醉金印　　咖啡

替換看看

我／買東西
I ／ going shopping
愛／勾印 瞎拼

瑪莉／看電視
Mary ／ watching TV
馬莉／哇請 梯夫

他們／聽音樂
They ／ listening to music
淚／力省 兔 妙記可

他／讀小說
He ／ reading novels
西／里低恩 那佛司

自己 Check 出發前：7天〇　6天〇　5天〇　4天〇　3天〇　2天〇　1天〇

8

____不____ ____。
主詞（I／You/複數名詞）+ don't
洞特
+原形動詞 + 名詞（動名詞）

22個超好用句型

實用例句

喬治和瑪莉不使用信用卡。

☐ **George and Mary don't use credit cards.**

喬治　安得　瑪莉　洞特　油司　克瑞滴特　卡紙

他們不喜歡買東西。

☐ **They don't like shopping.**

涙　洞特　賴克　瞎拼

替換看看

我／喜歡披薩	他們／有麵包
I／like pizza	**They／have bread**
愛／賴克 披薩	涙／黑夫 不瑞得

喬治和瑪莉／去買東西	我父母／喝咖啡
George and Mary／go shopping	**My parents／drink coffee**
喬治 安得 瑪莉／夠 瞎拼	麥 配潤此／准可 咖啡

自己 Check　出發前：7天○　6天○　5天○　4天○　3天○　2天○　1天○

_____能(會)_____嗎？

Can + 主詞 + 動詞
肯

實用例句

你會溜冰嗎？

☑ **Can you skate?**
　　肯　　油　　司給特

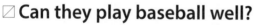

他們棒球打得好嗎？

☑ **Can they play baseball well?**
　　肯　　淚　　波淚　　背司伯　　威兒

替換看看

瑪莉／開車	你／修我的車
Mary／drive	**you／fix my car**
瑪莉／跩衣夫	油／吠渴死 麥 卡

她／打字	麵包師傅／烤麵包
she／type	**the baker／bake**
夕／太普	得 背可噁／背可

自己 Check　出發前：7天○　6天○　5天○　4天○　3天○　2天○　1天○

10

麻煩請給我＿＿＿＿好嗎？

Can I have + 名詞 , please?
肯 艾 黑夫　　　　　　普力司

22個超好用句型

實用例句

麻煩請給我一些水好嗎？

☐ **Can I have some water, please?**
　肯 艾 黑夫　山母　窩特 ,　普力司

麻煩請給我菜單好嗎？

☐ **Can I have the menu, please?**
　肯 艾 黑夫　得　妹牛 ,　普力司

替換看看

菜單 **the menu** 得 妹牛	少許冰塊 **some ice** 山母 愛司
你的大名 **your name** 油兒 內母	你的電話號碼 **your phone number** 油兒 否嗯 藍波

自己 Check 　出發前：7天〇　6天〇　5天〇　4天〇　3天〇　2天〇　1天〇

15

11

_____不能(不會)_____。

主詞 + can't + 動詞 + 名詞（介系詞片語）
　　　　　肯特

實用例句

我的孩子不會做功課。

☐ **My children can't do homework.**
　　麥　　求潤　　肯特　賭　　後母我可

你不能跟他一起出去。

☐ **You can't go out with him.**
　油　肯特　夠　奧特　位子　西母

替換看看

我的小孩／做功課
My children ／ do homework
麥 求潤 /賭 後母我可

我們／去買東西
We ／ go shopping
威／夠 瞎拼

她／打掃家裡
She ／ clean the house
夕／可林 得 好司

他／跟你一起出去
He ／ go out with you
西／夠 奧特 位子 油

自己 Check　出發前：7天〇　6天〇　5天〇　4天〇　3天〇　2天〇　1天〇

_____在哪裡？
Where is + the 地方名詞
惠兒　以司　得

 實用例句

公車站牌在哪裡？
☐ **Where is the bus stop?**
惠兒　以司 得　巴士　司豆普

郵局在哪裡？
☐ **Where is the post office?**
惠兒　以司 得　剖司特　歐非司

 替換看看

浴室 **bathroom** 貝司潤	餐廳 **restaurant** 瑞司特讓
銀行 **bank** 北恩客	醫院 **hospital** 哈司屁投

自己 Check　出發前：7天〇　6天〇　5天〇　4天〇　3天〇　2天〇　1天〇

17

13

坐_____嗎？
By + 交通工具？
拜

🔘 實用例句

坐公車嗎？
☐ **by bus?**
　拜　巴士

坐地下鐵嗎？
☐ **by subway?**
　拜　沙伯未

**替換
看看**

計程車 **taxi** 貼克西	火車 **train** 翠恩
飛機 **plane** 波淚嗯	直升機 **helicopter** 黑力卡普特

自己 Check   出發前：7天○ 6天○ 5天○ 4天○ 3天○ 2天○ 1天○

14

22個超好用句型

```
_____多少個_____？
How many + 可數複數名詞
   浩   妹尼
+ do (does / did) + 主詞 + 原形動詞？
   度（得司 / 低的）
```

實用例句

你想要幾個蘋果？

☐ **How many apples do you want?**
　　浩　　妹尼　　　阿波司　　度　油　　　旺特

你看到了幾個學生？

☐ **How many students did you see?**
　　浩　　妹尼　　　司丟等此　低的　油　　西

替換看看

蘋果／你買了	姐妹／她有
apples／did you buy	**sisters／does she have**
阿波司／低的 油 拜	夕司特司／得司 夕 黑夫

洗手間／它有	小孩／他們想要
bathrooms／does it have	**children／do they want**
貝司潤司／得司 以特 黑夫	求潤／賭 淚 旺特

自己 Check 出發前：7天○ 6天○ 5天○ 4天○ 3天○ 2天○ 1天○

請給我_____。

名詞 + please.
普力司

🔊 實用例句

請給我鮪魚三明治。

☐ **Tuna sandwich, please.**
兔呢　　先得位去，　普力司

請給我起士蛋糕。

☐ **Cheese cake, please.**
起士　　克也可，　普力司

替換看看

咖啡
coffee
咖啡

一份都市的地圖
a city map
兒 西替 妹普

一些水果
some fruit
山母 福鹿特

雞肉
chicken
七克印

自己 Check 　出發前：7天○　6天○　5天○　4天○　3天○　2天○　1天○

16

你要些_____嗎？

Would you like some + 名詞？

巫的　　油　賴克　山母

實用例句

你要來些飯嗎？

☐ **Would you like some rice?**
巫的　　油　賴克　山母　來司

你要來些茶嗎？

☐ **Would you like some tea?**
巫的　　油　賴克　山母　梯

 替換看看

水 **water** 娃特	一些果汁 **juice** 啾司
一些沙拉 **salad** 沙拉	一些麵包 **bread** 不瑞得

自己 Check　出發前：7天○　6天○　5天○　4天○　3天○　2天○　1天○

21

有_____的嗎？
Anything + 比較級形容詞？
宴尼幸

🔊 實用例句

有更好的嗎？
☐ **Anything better?**
　　宴尼幸　　貝特

有更便宜的嗎？
☐ **Anything cheaper?**
　　宴尼幸　　七波

替換看看

更大 **bigger** 逼哥	更普通 **more common** 摸兒 可門
更特別 **more special** 摸兒 司配秀	更早 **earlier** 耳力耳

自己 Check 　出發前：7天○　6天○　5天○　4天○　3天○　2天○　1天○

18

_____想要_____。

主詞 + want(s) + 名詞
旺特(忘詞)

22個超好用句型

🔊 實用例句

瑪莉想要一個起司漢堡。

☑ **Mary wants a cheeseburger.**
  瑪莉   忘詞   惡   妻子伯哥

我想要一個海鮮比薩。

☑ **I want a seafood pizza.**
  愛   旺特   惡   夕父的   披薩

替換看看

我／高麗菜 **I／a cabbage** 愛／惡 卡必基	他們／退款 **They／a refund** 淚／惡 銳謊得
瑪莉／一些冰淇淋 **Mary／some ice cream** 瑪莉／山母 愛司 可里母	他／一張單人床 **He／a single bed** 西／惡 欣勾 貝得

自己 Check   出發前：7天○ 6天○ 5天○ 4天○ 3天○ 2天○ 1天○

23

19

我不喜歡_____。
I don't like the + 名詞
愛　洞特　賴克　得

實用例句

我不喜歡這本書。

☐ **I don't like the book.**
　愛　洞特　賴克　得　　不可

我不喜歡這鞋子。

☐ **I don't like the shoes.**
　愛　洞特　賴克　得　　舒司

替換看看

食物 **food** 父的	顏色 **color** 卡了
材質 **material** 門梯里兒	口味 **flavor** 福淚夫娥

自己 Check　出發前：7天○　6天○　5天○　4天○　3天○　2天○　1天○

20

你有_____的_____嗎？
Do you have a + 比較級形容詞 + 名詞？
度　油　　黑夫惡

實用例句

你有比較小的尺寸嗎？
☐ **Do you have a smaller size?**
　度　油　黑夫惡　司睜樂　賽子

你有（比較年長）的哥哥嗎？
☐ **Do you have an older brother?**
　度　油　黑夫　厭　歐得兒　布拉得

替換看看

比較大的／尺寸
larger／size
拉急／賽子

比較大的／袋子
bigger／bag
必哥／北哥

比較小的／裙子
smaller／skirt
司睜樂／司可特

比較長的／假髮
longer／wig
龍哥／位哥

自己 Check　出發前：7天○　6天○　5天○　4天○　3天○　2天○　1天○

25

21

_____ 多少錢？
How much is the + 名詞 ?
浩　罵取　以司 得

實用例句

票要多少錢？
☐ **How much is the ticket?**
浩　罵取　以司 得　梯克衣特

車子要多少錢？
☐ **How much is the car?**
浩　罵取　以司 得　卡

替換看看

書 **book** 不可	費用 **fare** 非兒
裙子 **skirt** 司可特	休旅車 **van** 挖嗯

自己 Check 出發前：7天〇　6天〇　5天〇　4天〇　3天〇　2天〇　1天〇

22

我有_____。

I have + 疾病名
愛 黑夫

實用例句

我發燒了。

☐ **I have a fever.**
　愛　黑夫　惡　吠爸

- - - - - - - - - -

我咳嗽。

☐ **I have a cough.**
　愛　黑夫 惡　空福

替換看看

頭痛 **a headache** 惡 黑的也可	耳朵痛 **an earache** 厭 衣兒也可
香港腳 **athlete's foot** 也可力特 富特	咳嗽 **a cough** 惡 空福

自己 Check 出發前：7天○ 6天○ 5天○ 4天○ 3天○ 2天○ 1天○

旅行小記

Part 2

日常用語
溜美國話

1 ● 你好！

Track **01**

你好！
Hello.
哈囉

嗨！
Hi.
害

早安。
Good morning.
古得　　摸玲

午安。
Good afternoon.
古得　　阿福特怒

您好嗎？(初次見面)
How do you do?
浩　度　油　度

你好嗎？
How are you?
浩　阿　油

自己 Check 出發前：7天〇　6天〇　5天〇　4天〇　3天〇　2天〇　1天〇

很高興認識你！

Nice to meet you!

耐司　兔　密特　油!

發生了什麼事？

What's up?

華次　　阿普

---

2 ● 再見　Track 02

很見！

再見！

Good-bye.

古得-拜

再見！

Bye-bye.

拜　拜

回頭見。

See you later.

西　油　淚特兒

自己 Check　出發前：7天○　6天○　5天○　4天○　3天○　2天○　1天○

待會見。
Later.
涙特兒

晚安！
Good night.
古得　　耐特

祝你有美好的一天。
Have a nice day.
黑夫　惡　耐司　爹

一路順風。
Have a good flight.
黑夫　惡　古得　福來特

保重。
Take care.
貼克　克也兒

小記

---

3 ● 回答

日常用語　溜美國話

是的。
Yes.／Yeah.
也司　／　鴨

是的，沒錯。
Yeah, right.
鴨，　瑞特

我明白。
I see.／I think so.
愛　西　／愛　幸克　受

原來如此。
Oh, that's why.
歐，　列此　壞

不，謝謝你。
No, thank you.
諾，　山可　油

我可不這麼認為。
I don't think so.
愛　洞特　幸克　受

沒關係。

That's OK.

列此　歐克也

好 / 沒問題。

OK.

歐克也

4 · 謝謝　Track **04**

非常感謝。

Thank you very much.

山可　油　飛里　罵取

謝謝。

Thanks.

山渴死

哇，你真好。

Wow, that's so nice of you.

哇嗚，　列此　受　耐司 歐夫　油

自己 Check　出發前：7天○　6天○　5天○　4天○　3天○　2天○　1天○

謝謝你的幫忙。

Thanks for your help.

山渴死　佛　油兒　黑兒普

謝謝你抽空。

Thanks for your time.

山渴死　佛　油兒　太母

---

5  不客氣　Track **05**

不客氣。

You're welcome.

尤而　　威兒肯

不必擔心這個。

Well, don't worry about it.

威兒，　洞特　我銳衣　阿抱特　衣特

不客氣。

Not at all.

那特 阿特 喔了

自己 Check 出發前：7天〇　6天〇　5天〇　4天〇　3天〇　2天〇　1天〇

沒問題。
No problem.
諾　　普辣繡

這是我的榮幸。
My pleasure.
麥　　波淚舅

喔！那沒什麼。
Oh, it's nothing.
歐，以次　　那幸

真的！那沒什麼。
Really, it's nothing much.
銳力，　以次　　那幸　　罵取

不要在意！
Don't mention it.
洞特　　媚嗯尋　衣特

小記

6 ・ 對不起　Track **06**

我很抱歉。

I'm sorry.

愛母　受里

對不起。

Sorry.

受里

我道歉。

I apologize.

愛　阿扒露加衣子

我對那事感到遺憾。

I'm sorry about that.

愛母　受里　阿抱特　列特

噢！對不起。

Oops. Sorry.

烏普司　受里

請原諒我。

Please forgive me.

普力司　佛給夫　蜜

自己 Check　出發前：7天○　6天○　5天○　4天○　3天○　2天○　1天○

旅行小記

Part

3

拉近距離
溜美國話

1 ‧ 我的名字

你叫什麼名字？
What's your name?
華次　　油兒　　內母？

一我叫<u>梅格萊恩</u>。
—My name is <u>Meg Ryan</u>.
── 麥　　念　以司　梅格 萊恩

陳美玲 **Meiling Chen** 美玲 陳	金博撒冷 **Kimber Salen** 金博 撒冷	大衛舒茲 **David Shultz** 大衛 舒茲
吳明 **Ming Wu** 明　　吳		芮妮布迪厄 **Renee Boudrieu** 芮妮 布迪厄

例句

你好，我是泰利。
Hello, I'm Terry.
哈囉，　愛母　泰利

我的名字是美玲，姓陳。
My first name is Meiling and my family name is Chen.
麥　佛司特 內母　以司　美玲　安得　麥　妃母力　內母 以司　陳

自己 Check　出發前：7天○　6天○　5天○　4天○　3天○　2天○　1天○

40

您好嗎？
How do you do?
浩　度　油　度

很高興認識你。
Nice to meet you.
耐司　兔　密特　油

2 ・ 我來自台灣

Track **08**

你從哪裡來？
Where are you from?
惠兒　阿　油　夫讓？

—我來自台灣。
—I'm from Taiwan.
— 愛母　夫讓　　台灣

| 中國
China
恰那 | 美國
the U.S.A.
得 尤耶司耶 |

自己 Check 出發前：7天○　6天○　5天○　4天○　3天○　2天○　1天○

日本 **Japan** 甲胖	加拿大 **Canada** 肯那達
韓國 **Korea** 可里阿	北韓 **North Korea** 諾兒司 可里阿
印度 **India** 因低阿	新加坡 **Singapore** 新加坡
馬來西亞 **Malaysia** 馬來西亞	菲律賓 **the Philippines** 得 菲律賓
泰國 **Thailand** 太連的	俄羅斯 **Russia** 拉蝦
瑞典 **Sweden** 司位等	瑞士 **Switzerland** 司位球連的

例句

我是台灣人。

I'm Taiwanese.

愛母　　台灣尼師

自己 Check 出發前：7天○ 6天○ 5天○ 4天○ 3天○ 2天○ 1天○

你是來自美國的嗎？

Are you from the U.S.A.?

阿　　油　　夫讓　　得　尤耶司耶

我住在洛杉磯。

I live in Los Angeles.

愛 力五 印　　洛杉磯

你英文說的真好。

You speak English very well.

油　　司屁可　英格力序　　飛里　　餵兒

我會說一點點英文。

I speak a little English.

愛　司屁可 惡　力頭　　英格力序

你學英文有多久了？

How long have you studied English?

好　　弄　　黑夫　油　　司達弟的　英格力序

學了好幾個月。

For several months.

佛　　誰飛辣　　冒死

你會說中文嗎？

Can you speak Chinese?

肯　　油　　司屁可　　恰尼司

自己 Check　出發前：7天○　6天○　5天○　4天○　3天○　2天○　1天○

3 · 我是英文老師

你從事什麼工作？
What do you do?
華特　度　油　度？

—我是英文老師。
—I'm an English teacher.
— 愛母 厭　英格力序　踢球

醫生 **a doctor** 惡 達可特	護士 **a nurse** 惡 呢司	律師 **a lawyer** 惡 落爺

商人 **a businessperson** 惡 逼司逆司坡神	作家 **a writer** 惡 銳特

電腦程式員
a computer programmer
惡 卡母普尤特 普弱哥辣媽

記者 **a reporter** 惡 里剖特	學生 **a student** 惡 司丟等特

例句

1
說說自己

我在貿易公司工作。
I work in a trading company.
愛 我可　印 惡　　吹低恩　　　康普尼

我為政府工作。
I work for the government.
愛 我可　佛　得　　哥福妹特

我自己經營事業。
I run my own business.
愛 讓安 麥　　昂　　逼及逆司

我在大學教書。
I teach in a university.
愛　踢球　印 惡　由你玩色梯

我是全職的家庭主婦。
I'm a full-time housewife.
愛母 惡 富兒-太母　　好司外夫

我是家庭主婦。
I'm a homemaker.
愛母 惡　　後母妹可

我自己當老闆做生意。
I'm self-employed.
愛母　誰兒福-印普落雨的

自己 Check 出發前：7天○ 6天○ 5天○ 4天○ 3天○ 2天○ 1天○

4 · 這是楊先生

這位是楊先生。

This is Mr. Yang.

力司 以司 密司特 楊

一很高興見到你。

—Nice to meet you.

— 耐司 兔 密特 油

王 **Wang** 王	陳 **Chen** 陳	林 **Lin** 林
黃 **Huang** 黃	張 **Chang** 張	李 **Li** 李
吳 **Wu** 吳	劉 **Liu** 劉	蔡 **Tsai** 蔡

自己 Check 出發前：7天〇 6天〇 5天〇 4天〇 3天〇 2天〇 1天〇

1 · 這是我爸爸

Track 11

這是我爸爸。
This is my father.
力司 以司 麥　發得兒

媽媽 **mother** 媽得兒	哥哥 **older brother** 歐得 布拉得	弟弟 **younger brother** 洋哥 布拉得
姊姊 **older sister** 歐得 夕司特	妹妹 **younger sister** 洋哥 夕司特	妻子 **wife** 外夫
丈夫 **husband** 哈子笨的	叔叔、舅舅 **uncle** 昂扣	姨媽、姑姑 **aunt** 昂特
（堂）表兄弟姐妹 **cousin** 卡怎	姪女、外甥女 **niece** 尼司	姪子、外甥 **nephew** 內妃

兒子 **son** 桑	女兒 **daughter** 豆特

自己 Check　出發前：7天○　6天○　5天○　4天○　3天○　2天○　1天○

（外）祖父 **grandfather** 哥念發得兒	（外）祖母 **grandmother** 哥念媽得兒

例句

我有一個女兒。

I have a daughter.

愛　黑夫　惡　　豆特

他們是我的父母。

They are my parents.

涙　　阿　麥　　配潤此

我是家裡的獨生子（獨生女）。

I'm an only child.

愛母　厭　翁力　洽了的

我沒有兒女。

I don't have any kids.

愛　洞特　　黑夫　宴尼　克衣此

我有一個弟弟（哥哥）和兩個妹妹（姊姊）。

I have a brother and two sisters.

愛　黑夫　惡　布拉得　安得　兔　夕司特司

---

2 哥哥是汽車行銷員 Track 12

你哥哥（弟弟）從事什麼工作的？

What does your brother do?

華特　　得司　　油兒　　布拉得　　度

我哥哥（弟弟）是汽車行銷員。

My brother is a car dealer.

麥　　布拉得　　以司 惡 卡　　弟淚兒

我爸爸擁有一間婚紗攝影室。

My dad has a wedding studio.

麥　　爹的　哈司 惡　　威低恩　　司丟低歐

她就讀研究所。

She's in graduate school.

夕司　　印　　哥累九也特　　撕褲兒

她在花旗銀行工作。

She works at Citibank.

夕　　我可司　阿特　西替北恩客

他剛退伍。

He just got out of the army.

西　架司特 勾特　奧特　歐夫 得　　阿密

自己 Check　出發前：7天○　6天○　5天○　4天○　3天○　2天○　1天○

1 · 今天真熱
Track 13

今天<u>真熱</u>。
It's <u>hot</u> today.
以次　哈特　土爹

涼快的 **cool** 庫了	冷的、寒冷的 **cold** 扣得	多雲的、陰天的 **cloudy** 可老低
溫暖的、暖和的 **warm** 我母	潮濕的 **humid** 休秘的	有霧的、多霧的 **foggy** 發基
有起風 **windy** 溫低	下雨的、多雨的 **rainy** 銳尼	

例句

天氣真棒。
The weather is great.
得　威得 以司 哥銳特

天氣晴朗。
It's a sunny day.
以次 惡 桑衣 爹

自己 Check　出發前：7天○　6天○　5天○　4天○　3天○　2天○　1天○

下著大雨。
It's raining hard.
以次　　銳零　　哈的

天啊！天氣變得那麼快。
Man! It changed so fast.
免!　以特　欠及得　　受　妃司特

外面風還蠻大的。
It's pretty windy out there.
以次　普里梯　　溫低　奧特　貼兒

真是個萬里晴空的日子！
What a clear day!
華特　惡　克力兒　爹!

好用單字

度、度數 **degree(s)** 低哥里（司）	攝氏溫度 **Centigrade** 仙特哥銳的	華氏溫度 **Fahrenheit** 妃潤害特
溫度計 **thermometer** 得兒摸媚特	* 雨衣 **rain coat** 銳印 口特	* 雨傘 **umbrella** 阿母布銳拉

* 下大雨 **a heavy rain** 惡 黑夫 銳嗯	* 淋濕 **to be soaked** 免 比 受可特

自己 Check　出發前：7天〇　6天〇　5天〇　4天〇　3天〇　2天〇　1天〇

2 · 紐約天氣怎麼樣

Track **14**

紐約的天氣怎麼樣？

How is the weather in New York?

浩　以司得　　威得　　印　紐　約克

春天 **spring** 司普玲	夏天 **summer** 桑門
秋天 **fall／autumn** 發了／喔疼	冬天 **winter** 暈特

例句

夏天炎熱。

It's hot in the summer.

以次　哈特 印　得　　桑門

有時候下午會下雨。

It rains sometimes in the afternoon.

以特 銳嗯司　山太母司　　印　得　　阿福特怒

在這裡，秋天是最棒的季節。

Fall is the best season of the year here.

發了 以司 得　背司特　　夕怎　歐夫 得　　衣兒　喜兒

自己 Check 　出發前：7天○　6天○　5天○　4天○　3天○　2天○　1天○

3 談天氣

這裡天氣涼快的程度和加州差不多。

The weather is about as cool as it is in California.

得　　威得　以司 阿抱特 阿司庫了阿司以特以司 印　加力佛尼亞

雨季是從四月到八月。

The rainy season is from April to August.

得　銳嗯　　夕怎 以司 夫讓　　唉普若 兔　歐哥司特

一月份和二月份常常會下雪。

It snows often in January and February.

以特 司諾司　　喔粉　印　甲牛里　　安得　非布鹿里

春天是很美妙的。

Spring is lovely.

司普林 以司 辣舞里

這裡的冬天通常很冷。

The winters are usually chilly here.

得　我因特司 阿　尤究力　七力　喜兒

小記

---

1 · 我的生日是三月二十四日

你的生日在什麼時候？
When is your birthday?
惠恩　以司　油兒　　八司爹

一我的生日是<u>三月二十四日</u>。
—My birthday is on <u>March 24th.</u>
一　麥　　八司爹　以司 昂　媽娶　團體否史

一月二十日
January twentieth
珍妮呢瑞 團體餓史

二月二日
February second
非布兒瑞 誰看的

三月十六日
March sixteenth
媽娶 西克司聽史

四月一日
April first
啊普了 佛司特

五月十四日
May fourteenth
妹 否停史

六月十一日
June eleventh
啾嗯 衣淚文史

七月三日
July third
啾來 色的

八月八日
August eighth
阿基司特 耶史

自己 Check　出發前：7天○　6天○　5天○　4天○　3天○　2天○　1天○

例句

你是幾年出生的？

What year were you born?

華特　　易兒　　為兒　油　伯恩

我是1975年出生的。

I was born in 1975.

愛 襪絲　　伯恩 印 奈聽誰吻聽發福

我的生日是在五月。

My birthday is in May.

麥　　八司爹　以司 印　妹

你會在生日做些什麼？

What will you do on your birthday?

華特　為而　油　賭 昂　油兒　　八司爹

我今年就二十歲了。

I will be twenty this year.

愛 為而　比　　團體　力司 易兒

小記

---

2 · 我是雙子座

Track 16

你是什麼星座呢？

What's your sign?

華次　　油兒　賽印

一我是<u>雙子座</u>。

—I'm a(an) <u>Gemini.</u>

— 愛母 惡（厭）　假蜜來

白羊座 **an Aries** 厭 愛里思	金牛座 **Taurus** 頭拉司	雙子座 **Gemini** 假蜜來
巨蟹座 **Cancer** 肯舍	獅子座 **Leo** 力歐	處女座 **Virgo** 福額勾
天秤座 **Libra** 力不辣	天蠍座 **Scorpio** 司扣屁歐	射手座 **Sagittarius** 沙及貼里惡司
摩羯座 **Capricorn** 卡普空恩	水瓶座 **an Aquarius** 厭 阿窺里惡司	雙魚座 **Pisces** 拍夕子

自己 Check 出發前：7天○ 6天○ 5天○ 4天○ 3天○ 2天○ 1天○

例句

我猜你是處女座。

I bet you are a Virgo.

愛 背特　油　　阿 惡　福額勾

雙魚座非常有藝術氣息。

Pisces are very artistic.

拍夕子　阿　飛里　阿梯司梯可

射手座很活潑外向。

Sagittarius are active and out-going.

沙及貼里惡司　阿　阿可梯夫 安得　阿巫特-勾印

你完全不像天秤座。

You are not like a Libra at all.

油　阿　　那特　賴克 惡　力不辣 阿特　喔了

這完全不合理。

It just doesn't make any sense.

以特 架司特 得森特　　妹克　宴尼　仙司

你每天都會看你的星座運勢嗎？

Do you read your horoscope every day?

賭　油　　里的　油兒　　后司口普　　耶飛　爹

我媽媽和我太太都是魔羯座的。

My mother is a Capricorn and so is my wife.

麥　　媽得　以司 惡　卡普空恩　安得 受 以司 麥　外夫

自己 Check　出發前：7天〇　6天〇　5天〇　4天〇　3天〇　2天〇　1天〇

我認為星座占卜很有意思。

I think astrology is very interesting.

愛　幸克　惡　　　司抓辣雞　以司　飛里　　因翠司梯恩

巨蟹座是很情緒化的。

Cancers are highly emotional.

肯舍　　阿　　害力　　衣摸巡了

好用單字

雅緻的、優美的 **elegant** 耶淚更特	吹毛求疵的、挑剔的 **picky** 屁基	獨立的、自主的 **independent** 因低配等特
樂觀的 **optimistic** 啊普替秘司梯可	有耐心的、能忍受的 **patient** 配想特	隨和的 **easygoing** 一起勾引

倔強的、頑固的 **stubborn** 司達笨	悲觀的 **pessimistic** 配色秘司梯可

自己 Check　出發前：7天○　6天○　5天○　4天○　3天○　2天○　1天○

1 ・ 我喜歡看小說

Track 17

你週末喜歡做什麼？
What do you like to do on the weekend?
華特　賭　油　賴克　兔　賭　昂　得　　威肯得

一我喜歡閱讀小說。
—I love reading novels.
— 愛　辣舞　　里低恩　那佛司

逛街 **to go shopping** 兔 夠 瞎拼	看電視 **watching TV** 哇請 梯夫	健行 **to go hiking** 兔 夠 海金印

和家人共度
spending time with my family
司配低恩 太母 位子 麥 發秘力

和朋友去 KTV 唱歌
going to KTV with friends
勾印 兔 克也梯夫 位子 非宴此

只要跟你在一起
just being with you
架司特 必印 位子 油

自己 Check　出發前：7天〇　6天〇　5天〇　4天〇　3天〇　2天〇　1天〇

例句

我喜歡開車兜風。

I like driving around.
艾　賴克　　跩浮印　　餓讓得

我喜歡旅行。

I like to go traveling.
艾　賴克　兔　夠　　查阿夫林

我什麼都不能做。我要工作。

I can't do anything. I have to work.
愛　肯特　賭　　宴尼幸。愛　黑夫　兔　我可

不做什麼。只在家休息。

Nothing special. Just resting at home.
那幸　　　司配秀。架司特　　銳司停　阿特　厚恩

我週末有兼差的工作。

I have a part-time job on the weekend.
愛　黑夫　惡　趴特-太母　假布　昂　　得　　威肯得

我喜歡去看棒球比賽。

I like to go to a baseball game.
艾　賴克　兔　夠　兔惡　背司伯　　給母

自己 Check　出發前：7天○　6天○　5天○　4天○　3天○　2天○　1天○

2 · 我喜歡打籃球

5
興趣與嗜好

你喜歡運動嗎？

Do you like sports?

賭　油　賴克　司剖此

—喜歡，我喜歡打<u>籃球</u>。

—Yeah, I love playing <u>basketball</u>.

—　鴨，愛　辣舞　波淚因　八司克伯

美式足球 **football** 夫特伯	足球 **soccer** 沙可	高爾夫球 **golf** 勾福
網球 **tennis** 貼尼司	羽毛球 **badminton** 爸的秘疼	曲棍球 **hockey** 哈基
排球 **volleyball** 挖力伯		壘球 **softball** 受福特伯

例句

我是洋基隊的忠實球迷。

I'm a big Yankees fan.

愛母　惡　必哥　　　洋基司　粉絲

我不會錯過ESPN播放的任何一場比賽。

I never miss a game on ESPN.

愛　內佛兒　　秘司　惡　給母　　昂　耶司屁恩

我喜歡看美式足球賽。

I love football games.

愛　辣舞　　父特伯　　給母司

這個嘛，我不太擅長運動。

Well, I'm not too good at sports.

餵兒，愛母　那特　兔　　古得　阿特　司剖此

籃球是我喜愛的運動。

Basketball is my favorite sport.

八司克伯　以司　麥　　非北里特　　司剖特

你知道怎麼滑水嗎？

Do you know how to water-ski?

賭　油　　諾　　浩　兔　蛙特-司克衣

我是第一次。

This is my first time.

力司　以司　麥　　佛司特　太母

自己 Check　出發前：7天○　6天○　5天○　4天○　3天○　2天○　1天○

你會潛水嗎？

Can you dive?

肯　　油　　大夫

我很喜歡潛水。

I like diving very much.

艾 賴克　　大夫印　　飛里　　罵取

不，我不知道怎麼做。

No, I don't know how.

諾，愛　洞特　　諾　　浩

---

3 • 我不玩團隊運動，但我游泳

Track **19**

我不玩團隊運動，但我<u>游泳</u>。

I don't do team sports, but I swim.

愛　洞特　賭　梯母　　司剖此，　八特 愛 司位母

騎腳踏車	釣魚
go biking ／ go cycling	**go fishing**
勾 拜金印／勾 塞可林	勾 吠心

自己 Check 出發前：7天○ 6天○ 5天○ 4天○ 3天○ 2天○ 1天○

做有氧運動 **do aerobics** 勾 耶弱必死	慢跑 **go jogging** 勾 加哥印	空手道 **do karate** 勾 卡辣敵
衝浪 **go surfing** 勾 社吠恩	做瑜珈 **do yoga** 勾 又咖	攀岩 **go rock climbing** 勾 辣可 可來明
滑雪 **go skiing** 勾 司基印	去健身房健身 **work out in the gym** 我可 奧特 印 得 尖母例句	

例句

你做運動嗎？

Do you do exercises?

賭　油　賭　耶可賽西施

你多久去一次健身房健身？

How often do you work out in the gym?

浩　歐份　度　油　我可 奧特 印　得　尖母

哇！這聽起來很有趣。

Wow, that sounds fun.

哇嗚，列特　桑此　父嗯

這很難嗎？

Is that difficult?

以司 列特　低否扣特

自己 Check 出發前：7天○　6天○　5天○　4天○　3天○　2天○　1天○

5 興趣與嗜好

我不看ESPN的。

I don't watch ESPN.

愛　洞特　挖取　耶司屁嗯

你喜歡登山旅行嗎？

Did you enjoy the mountaineering trip?

低的　油　因救姨　得　　貓特尼玲　　催普

我很喜歡。

I liked it very much.

艾 賴克特 以特 飛里　罵取

我喜歡自己一個人運動。

I enjoy exercising on my own.

愛 印九姨　耶可社賽新　昂　麥　翁

小記

---

4 · 我的嗜好是收集卡片
Track 20

你的嗜好是什麼？
What's your hobby?
華次　油兒　哈必

一我的嗜好是<u>收集卡片</u>.
—My hobby is <u>collecting cards.</u>
— 麥　哈必　以司　卡涙可停　卡次

聽音樂 **listening to music** 力孀印 兔 妙記可		唱卡拉 OK **karaoke** 卡拉歐基
看電影 **watching movies** 蛙請 母微司	閱讀 **reading** 里低恩	看電視 **watching TV** 蛙請 梯夫
上網 **browsing the Internet** 布拉幾 得 印特內特		玩電視遊樂器 **playing video games** 波涙因 非地歐 給母司
畫圖 **drawing pictures** 左因 皮客求司		彈鋼琴 **playing the piano** 普累因 得 屁啊諾

自己 Check 出發前：7天○　6天○　5天○　4天○　3天○　2天○　1天○

彈吉他
playing the guitar
普累因 得 基踏兒

烹飪
cooking
庫金印

購物
shopping
瞎拼

旅遊
traveling
催阿飛林

高爾夫
golf
勾福

自己 Check　出發前：7天○　6天○　5天○　4天○　3天○　2天○　1天○

1　我喜歡動作片

你喜歡什麼類型的電影？
What kind of movies do you like?
華特　開恩的 歐夫 母微司　賭　油　賴克

—我喜歡動作片。
—I like action movies.
— 艾 賴克　阿可想　母微司

愛情片 **romance movies** 羅曼史 母微司	戲劇 **dramas** 抓媽司	
悲劇 **tragedies** 特辣基低司	漫畫 **comics** 抗米克司	*喜劇 **comedies** 抗米低司
動畫 **animations** 阿尼妹想司	懸疑片 **mysteries** 秘司特里司	
科幻片 **science-fiction／sci-fi** 賽恩司-吠可想／賽-壞	恐怖片 **horror movies** 后弱 母微司	

例句

「親家路窄」是我喜愛的喜劇。

"Meet the Parents" is my favorite comedy.

密特　得　配潤此　以司 麥　　飛鵝　　抗米低

音效做得真棒！

The sound effects are great.

得　　桑的　　耶非此　阿　哥銳特

天吶！這是一部很傷感的電影。

Man! That was a sad movie.

免　　列特 哇司 惡 誰的　　母微

是的，卡司陣容堅強。

Yeah, just a big cast.

鴨，　架司特 惡 必哥 卡司特

喔，這是一部經典電影。

Oh, that's a classic.

歐，　列此　　惡 克拉夕可

最後一幕叫人非常沮喪。

The last scene is very depressing.

得 拉司特　　心　以司 飛里　　低普銳心

很有趣，而且很刺激。

It was very interesting and exciting.

以特 哇司 飛里　　因翠司聽　　安得　　衣可賽停

自己 Check 出發前：7天〇　6天〇　5天〇　4天〇　3天〇　2天〇　1天〇

男主角的演技太棒了！
The hero's acting is wonderful.
得　　西弱司　　阿可聽　以司　　萬得佛

我真的太喜歡這個角色了！
I really love that character.
愛　銳力　　辣舞　　列特　　可瑞可特

我也是。
Me too!
秘　　兔

和電影相比，我更喜歡談話性節目。
I prefer talk shows to movies.
愛　普里佛　　頭可　　秀司　　兔　　母微司

我一個月大概會看一兩次電影。
I go to the movies once or twice a month.
愛　夠　兔　得　母微司　萬司　喔兒　特外司　惡　慢司

好用單字

票房賣座 **box-office hit** 爸克司 - 歐福衣司 喝衣特	劇情 **plot** 波拉特

預告片
preview
普里尤

最佳電影
best picture
背司特 皮客求

男主角
leading actor
力定 阿可特

女配角
supporting actress
舒波定 阿可吹司

視覺效果
visual effects
夫究我 以非可斯

主題
theme
地恩

2 · 你喜歡古典樂嗎？ Track 22

你喜歡古典樂嗎？
Do you like classical music?
賭　油　賴克　克拉夕扣 妙記可

流行樂
popular music
巴比了 妙記可

爵士樂
jazz
甲子

歌劇
opera
阿婆啦

重金屬
heavy metal
黑非 媚投

自己 Check　出發前：7天○　6天○　5天○　4天○　3天○　2天○　1天○

搖滾樂 **rock and roll** 落可 安得 弱了	情歌 **love songs** 辣舞 收恩司	鄉村音樂 **country music** 康催 妙記可

抒情音樂 **soft music** 受福特 妙記可	饒舌 **rap** 辣普

藍調音樂 **R&B(rhythm & blues)** 阿魯 厭的 必（里等 厭的 不魯司）	* 交響樂 **symphonic music** 夕發尼可 妙記可

例句

我喜歡它的歌詞。
I like the lyrics.
艾 賴克　得　力瑞可司

我不喜歡重節奏。
I don't like the strong beat.
愛 洞特　賴克　司創　必此

我想去聽音樂會。
I want to go to the concert.
愛 旺特 兔 夠 兔 得　康舍特

音樂會如何？
How was the concert?
浩　哇司　得　康舍特

自己 Check 出發前：7天〇 6天〇 5天〇 4天〇 3天〇 2天〇 1天〇

❻ 談電影、電視與音樂

他有很棒的嗓子。

He has a great voice.

西 哈司 惡 哥銳特 某乙司

這個嘛，我受不了饒舌。

Well, I can't stand rap.

餵兒， 愛肯特 司天得 辣普

古典音樂常讓我想睡覺。

Classical music puts me to sleep.

克拉夕扣 妙記可 撲此 密 兔 司力普

比莉哈樂黛是我喜愛的爵士歌手。

Billie Holiday is my favorite jazz singer.

比莉 哈樂黛 以司 麥 飛蛾里特 甲子 心歌

小記

1 · 我要柳丁汁

你想要喝點飲料嗎？
Would you like something to drink?
巫的　油　賴克　　山幸　　兔　准可

一柳丁汁，謝謝。
—Orange juice, please.
—　　歐林及　啾司，　普力司

咖啡 **Coffee** 咖啡	茶 **Tea** 替	蘋果汁 **Apple juice** 阿波 啾司
汽水 **Soda** 蘇達	水 **Water** 我特	
紅酒 **Red wine** 瑞得 外印	啤酒 **Beer** 比兒	

例句

不要加冰塊，謝謝你。

No ice, please.

諾　愛司，普力司

再來一杯啤酒，謝謝你。

Another beer, please.

惡那得　　比兒，　普力司

要些花生，謝謝你。

Some peanuts, please.

山母　　屁那此，　普力司

再回沖一些，謝謝你。

A refill, please.

惡　里吷兒，普力司

請給我一整罐。

The whole can, please.

得　　厚　　肯恩，　普力司

雞尾酒要多少錢？

How much is a cocktail?

浩　　罵取　以司 惡　卡庫貼歐

這是現搾的新鮮果汁嗎？

Is the juice fresh-squeezed?

以司 得　啾司　　福銳許-司盉子

自己 Check 出發前：7天○　6天○　5天○　4天○　3天○　2天○　1天○

2・ 給我雞肉飯

Track **24**

要雞肉飯還是魚排麵？
Chicken rice or fish noodles?
七肯　銳司 歐兒 吠許　魯豆司

一雞，謝謝你。
—Chicken, please.
—　　七肯，　普力司

麵包 **Bread** 不瑞得	沙拉 **Salad** 沙拉	水果 **Fruit** 福鹿特	牛肉 **Beef** 必福

豬肉 **Pork** 迫兒可	素菜餐 **A vegetarian meal** 惡 北極貼里昂 妹兒

兒童餐 **A child's meal** 惡 恰兒子 妹兒	牛排 **Steak** 司貼可

自己 Check 出發前：7天〇 6天〇 5天〇 4天〇 3天〇 2天〇 1天〇

例句

我已經叫了一份嬰兒餐。

I ordered an infant meal.

愛　　歐得　厭　燕否恩　妹兒

對不起，我們只剩魚麵。

Sorry, we only have fish noodles left.

受里，　威　歐里　黑夫　非許　奴都司　賴夫特

可以請你幫我清一下餐盤嗎？

Can you please clear my tray?

肯　油　普力司　克力兒　麥　吹

幾點開始供應晚餐？

What time will dinner be served?

華特　太母　為而　丁呢　比　誰夫的

---

3 • **請給我一條毛毯**

Track **25**

請給我一條毛毯好嗎？

May I have a blanket, please?

妹　愛　黑夫　惡　不藍開特，　普力司

自己 Check　出發前：7天○　6天○　5天○　4天○　3天○　2天○　1天○

一個枕頭
a pillow
惡 屁露

耳機
ear phones
衣兒 否恩司

一份中文報紙
a Chinese newspaper
惡 恰尼司 牛司配伯

免稅商品目錄
the duty-free catalogue
得 丟梯 - 夫力 可特露股

可以讓我小孩子可以玩的東西
something for my kids to play with
桑幸 佛 麥 基司 兔 波淚 位子

4 · 請問廁所在哪裡

Track
26

對不起，請問<u>廁所</u>在哪裡？
Excuse me, where is <u>the bathroom</u>?
衣克司求司 密，　　　惠兒 以司 得　　　貝司潤

洗手間
the lavatory
得 累否投里

商務客艙
business class
逼及逆司 克拉司

自己 Check　出發前：7天○　6天○　5天○　4天○　3天○　2天○　1天○

78

Happy learning.　　　Have a nice trip!　　　So Easy!!!

我的安全帶 **my seat belt** 麥 西次 背了特	閱讀燈 **the reading light** 得 里低恩 來特
逃生門 **the emergency exit** 得 衣門俊西 矮哥細特	救生衣 **the life vest** 得 來福 飛司特

7 在飛機上

例句

對不起。
Excuse me.
　衣克司求司 密

我可以跟你換位子嗎？
Can I switch seats with you?
　　肯 艾　　司位去　　西此　　位子　　油

我可以把椅子放下來嗎？
Can I recline my seat?
　　肯 艾　　里可來　　麥　　西次

對不起，麻煩你把椅子拉上好嗎？
Excuse me, can you put your seat up, please?
　衣克司求司 密，　　肯　油　　撲特　油兒　西次　阿普，　普力司

這是免費的嗎？
Is this free?
　以司 力司　夫力

洛杉磯幾點？

What time is it in Los Angeles?

華特 太母 以司 以特 印 洛杉磯

我可以坐在緊急出口處的那排座位嗎？

Can I sit in an exit row?

肯 艾 夕特 印 厭 一哥幾特 入

---

5 · 跟鄰座乘客聊天 Track **27**

你會說<u>英文</u>嗎？

Can you speak <u>English</u>?

肯 油 司屁可 英格力序

一會，會一點。

—Yes, a little.

— 也司， 惡 力頭

日文 **Japanese** 甲胖尼子	中文 **Chinese** 恰尼司	德文 **German** 糾妹

自己 Check 出發前：7天○ 6天○ 5天○ 4天○ 3天○ 2天○ 1天○

西班牙文 **Spanish** 司陪尼司	台語 **Taiwanese** 台灣尼司	法文 **French** 福潤去

❼ 在飛機上

例句

我正在學習中。

I'm learning.

愛母　樂玲

我的英文不太好。

My English is not good.

麥　英格力序 以司 那特　古得

你要去哪裡？

Where are you going?

惠兒　阿　油　勾印

你是為了公事出差還是休閒旅遊？

Are you traveling for business or for pleasure?

阿　油　催活林　佛　逼及逆司　歐兒 佛　波淚舅

你喜歡飛機上的食物對吧？

Don't you just love airplane food?

洞特　油 架司特 辣舞　愛兒波戀　父的

你有小孩嗎？

Do you have any kids?

兔　油　黑夫 宴尼 基此

自己 Check 出發前：7天○ 6天○ 5天○ 4天○ 3天○ 2天○ 1天○

我兒子在美國讀書。

My son is studying in the States.

麥　受嗯 以司　　司達低　印 得　　司貼此

你來自歐洲嗎？

Are you from Europe?

阿　油　　　夫讓　　尤拉普

6 • 我是來觀光的　　Track **28**

你旅行的目的為何？

What is the purpose of your visit?

華特 以司 得　　坡趴司　歐夫 油兒　夫夕特

一觀光。

—Sight-seeing.

—　　賽特-西因哥

讀書	工作
For study	**Business**
佛 司答滴	逼及逆司

自己 Check　出發前：7天○　6天○　5天○　4天○　3天○　2天○　1天○

探親	拜訪朋友
Visiting relatives	**Visiting friends**
夫夕聽 銳連梯司	夫夕聽 夫連此

7 · 我住達拉斯的假期酒店

Track **29**

你會待在哪裡？
Where will you stay?
　　惠兒　　為而　　油　　司爹

一達拉斯的假期酒店。
—At the Holiday Inn in Dallas.
── 阿特 得　　厚力爹　　因嗯 印　達拉司

和朋友住	和家人
With my friends	**With family**
位子 麥 夫連此	位子 發秘力

和同事	在希爾頓飯店
With my colleague	**At the Hilton**
位子 麥 可力	阿特 得 希爾頓

| 在學校的宿舍
In the school dorms
因 得 撕褲兒 豆母司 | 在學校的宿舍
In the school dormitory
因 得 撕褲兒 豆迷投里 |

例句

你有朋友的地址嗎？
Do you have your friend's address?
兔 油 黑夫 油兒 夫連此 惡得最司

我朋友住在芝加哥。
My friend lives in Chicago.
麥 夫連得 力五司 印 芝加哥

我不太會說英文。
I don't speak English well.
愛 洞特 司屁可 英格力序 餵兒

我兒子會在甘迺迪機場接我。
My son will pick me up at JFK Airport.
麥 受嗯 為而 屁可 密 阿普 阿特 尖福克也 誒兒波特

是的，這是飯店的地址。
Yeah, the address of the hotel is here.
鴨， 得 惡得最司 歐夫 得 后貼兒 以司 喜兒

租車服務台在哪裡？
Where are the car rental agencies?
惠兒 阿 得 卡 瑞投 耶俊夕司

自己 Check 出發前：7天○ 6天○ 5天○ 4天○ 3天○ 2天○ 1天○

8 · 我停留十四天

Track 30

你會停留多久呢？
How long will you stay?
好　　弄　為而　油　司爹

一十四天。
—14 days.
— 　佛聽 爹司

只有五天
Only five days
翁力 壞夫 爹司

一個禮拜
A week
惡 威可

大概兩個禮拜
About two weeks
阿抱特 兔 威渴死

一個月
A month
惡 馬恩司

大概十天
About ten days
阿抱特 貼嗯 爹司

半年
Half a year
哈福 惡 易兒

自己 Check 出發前：7天○　6天○　5天○　4天○　3天○　2天○　1天○

9 · 我要換錢

我想兌換五千台幣，謝謝你。

I want to exchange 5000 NT dollars, please.

愛　旺　兔　衣克司欠及　懷夫刀怎 恩梯　打了司，　普力司

現在的兌幣匯率是多少？

What is the exchange rate?

華特　以司 得　衣克司欠及　銳特

旅行支票兌現，麻煩你。

I'd like to cash a traveler's check, please.

艾得　賴克　兔　卡許 惡　吹佛力司　　卻克，　普力司

台幣換成美金。

From NT to US dollars.

夫讓　恩替 兔　油司　打了司

台幣換成歐元。

From NT to Euros.

夫讓　恩替 兔　尤弱司

你可以把一百元換成小鈔嗎？

Can you break a hundred?

肯　　油　　布銳可 惡　憨醉的

麻煩你給我一些小鈔。

Small bills, please.

司眸兒 必兒，　普力司

自己 Check　出發前：7天〇　6天〇　5天〇　4天〇　3天〇　2天〇　1天〇

手續費是多少錢？

How much is the commission?
浩　　罵取　以司　得　　卡秘想

請在這裡簽名。

Please sign here.
普力司　賽印　喜兒

護照，麻煩你。

Passport, please.
扒司波特，　普力司

小記

10・您有需要申報的東西嗎？

Track 32

麻煩你把袋子打開。這是什麼？

Would you open your bag, please? What's this?

巫的　油　歐噴　油兒　八哥，普力司？　華次　力司

這是我的照相機。

—It's my camera.

一　以次 麥　卡賣拉

化妝品 **make-up** 妹克 - 阿普	胃藥 **medicine for my stomach** 媚達深 佛 麥 司達秘可	
安眠藥罐 **bottle of sleeping pills** 巴頭 歐夫 司力拼 屁歐司	筆記型電腦 **lap-top computer** 拉普 - 投普 卡母普尤特	
給我孫子的禮物 **gift for my grandson** 給夫特 佛 麥 哥念得桑	*書 **book** 不可	*衣服 **clothes** 可露司

自己 Check 出發前：7天○ 6天○ 5天○ 4天○ 3天○ 2天○ 1天○

7 在飛機上

例句

先生，有需要申報的東西嗎？
Anything to declare, sir?
宴尼幸　兔　地克淚兒，舍

你有多少行李？
How many pieces of luggage do you have?
浩　妹尼　屁司 歐夫　辣基急　兔　油　黑夫

我可以在哪裡拿到行李推車？
Where can I get a luggage cart?
惠兒　肯 艾 給特 惡　辣基急　卡特

行李領取處在哪裡？
Where is the baggage claim?
惠兒 以司 得　貝幾止　可淚母

好用單字

手提行李 **carry-on bag** 可阿里 - 阿恩 八哥	超重 **overweight** 歐娥威特	經濟客艙 **economy class** 衣康呢秘 可拉司
商務客艙 **business class** 逼及逆司 可拉司	頭等艙 **first class** 佛司特 可拉司	檢查 **check** 卻克

自己 Check　出發前：7天○ 6天○ 5天○ 4天○ 3天○ 2天○ 1天○

89

| 機場服務中心 **Airport Information Center** 誒兒波特 印佛妹迅 仙特 | 公事包 **briefcase** 布里福克也司 |

11 ‧ 轉機 Track **33**

轉機服務台在哪裡？

Where is the transfer desk?
惠兒　以司 得　　全司佛　爹司克

我要過境到達拉斯。

I need to transit to Dallas.
艾　逆得　兔　　全夕特　兔　達拉司

班機何時出發？

When will the flight depart?
惠恩　　為而 得　　福來特　低趴特

登機時間是幾點？

What's the boarding time?
華次　　得　　伯低恩　太母

16號登機門在哪裡？

Where is Gate No. 16?
惠兒　以司　給特　難吧　夕可司停

自己 Check　出發前：7天○　6天○　5天○　4天○　3天○　2天○　1天○

7

在飛機上

我該如何去第三航廈？

How do I get to Terminal 3?

浩 賭 愛 給特 兔 特迷呢 書里

我需要辦新的登機證嗎？

Do I need a new boarding pass?

賭艾　逆得惡　紐　　伯頂　陪司

---

12 ‧ 怎麼打國際電話 Track **34**

對不起，你有一元美金的零錢嗎？

Excuse me, do you have change for a dollar?

衣克司求司 密，　兔　油　　黑夫　　欠及　佛惡　答了

撥打本地電話是多少錢？

How much is a local call?

浩　　罵取 以司 惡　露扣　扣

35塊錢可以打幾分鐘的電話？

35 for how many minutes?

蛇踢懷夫 佛浩　　妹尼　　迷你次

這附近有公共電話嗎？

Is there a public phone around here?

以司 貼兒　惡 怕伯力可　否嗯　　餓讓得　喜兒

自己 Check　出發前： 7天○ 6天○ 5天○ 4天○ 3天○ 2天○ 1天○

你可以教我怎麼打電話嗎？

Can you show me how to make a phone call ?

肯　油　秀　密　浩　兔　妹克惡　否嗯　扣

要怎麼打對方付費的電話？

How do you make a collect call?

浩　兔　油　妹克　惡　卡淚可特 扣

首先撥0，接線員會幫你服務。

Just dial "0". The operator will help you.

架司特 逮兒 "記弱" 得　阿伯瑞特　為而　黑兒普　油

---

13 我要打市內電話

Track 35

喂！

Hello !

哈囉

嗨！我是南希，包伯在家嗎？

Hi. This is Nancy. Is Bob there?

害　力司 以司 南希　以司 巴伯　淚兒

他剛剛外出。

He just stepped out.

西 架司特　司貼普特　傲特

自己 Check 出發前：7天○ 6天○ 5天○ 4天○ 3天○ 2天○ 1天○

7

那麼請你轉告他，我來電過待會兒再打給他。

Would you please tell him that I called and I'll
巫的　　油　　普力司 貼了　西母 列特 愛　　扣的　安得 艾兒

call back later.
扣　貝克　淚特

好的，我會轉告他的。

Ok. I'll give him the message.
歐克也 艾兒 給夫 西母 得 妹誰及

美國錢幣介紹

一元鈔票 **a dollar bill** 惡 答了 必了	1 便士：一分錢 **a penny: 1¢(cent)** 惡 配尼：萬 仙特 (仙特)
五分錢 **a nickel: 5¢** 惡 尼扣：外夫 仙此	1 角：10 分錢 **a dime: 10¢** 惡 呆母：天 仙此
2 角 5 分 **a quarter: 25¢** 惡 闊特：團體壞夫 仙此	五角銀幣 **a fifty-cent piece: 50¢** 惡 吶福梯 - 仙特 屁司：費夫梯 仙此
一元硬幣 **one-dollar coin: $1.00** 萬 - 答了 口印：萬 打了	五元紙鈔 **five-dollar bill: $5.00** 壞夫 - 答了 必了：壞夫 達了司

---

14 · 請給我一份市區地圖 · Track 36

請給我一份市區地圖。
A city map, please.
兒 西替 妹普， 普力司

紐約市導覽
A New York City Guide
兒 紐 約克 西替 蓋得

一日遊資訊
One-day Tour Info
萬爹 兔兒 印佛

滑雪行程資訊
Skiing Tour Info
司基因 兔兒 印佛

公車路線說明（地圖）
Bus routes (map)
巴士 繞此（妹普）

市區飯店清單
A list of hotels downtown
惡 力司特 歐夫 后貼兒司 當逃夫

自己 Check   出發前：7天○ 6天○ 5天○ 4天○ 3天○ 2天○ 1天○

Happy learning. Have a nice trip! So Easy!!!

1 · 我要訂一間單人房 Track 37

8 飯店

我要預約<u>單人房</u>。
I want to reserve <u>a single room</u>.
愛　旺　兔　瑞色五　兒　欣勾　潤

有兩張小床的房間
a twin room
惡 禿鷹 潤

有一張大床的房間
a double room
惡 答伯 潤

四人房間
a four-person room
惡 佛兒 - 波神 潤

附淋浴的房間
a room with a shower
兒 潤 位子 惡 蕭兒

附冷氣的房間
a room with air-conditioning
兒 潤 位子 也兒 - 看低訓

可以看到海的房間
a room with an ocean view
兒 潤 位子 厭 歐巡 非尤

自己 Check 出發前：7天○ 6天○ 5天○ 4天○ 3天○ 2天○ 1天○

95

序數的說法

一 **first** 佛司特	二 **second** 誰肯的
三 **third** 色的	四 **fourth** 佛思
五 **fifth** 吠思	六 **sixth** 夕可思
二十一 **twenty-first** 團體 - 佛司特	三十 **thirtieth** 色梯也思

2 · 我要住宿登記

Track 38

我叫陳明。

My name is Chen Ming.

麥　念　以司　陳明

我有預約。

I have a reservation.

愛　黑夫 兒　瑞者非迅

自己 Check 出發前：7天〇 6天〇 5天〇 4天〇 3天〇 2天〇 1天〇

8
飯店

我沒有預約。

I don't have a reservation.

愛　洞特　　黑夫兒　　瑞者非迅

我今晚想住宿。

I need a room for the night.

艾　逆得兒　　潤　佛　得　耐特

有空房間嗎？

Do you have a room available?

兔　油　黑夫兒　潤　　惡飛了伯

我們有訂房，名字是陳明。拼法是C-H-E-N M-I-N-G。

We have a reservation under Chen Ming.

威　黑夫兒　　瑞者非迅　　安得　　陳明。

That's C-H-E-N M-I-N-G.

列此 夕-耶七-衣-燕 誒母-愛-燕-及

包含早餐嗎？

Is breakfast included?

以司　不雷克佛司特 印庫路得

電梯哪裡？

Where is the elevator?

惠兒 以司 得　耶了飛特

一晚住宿是多少錢？

How much for one night?

浩　　罵取　佛　萬　耐特

還有更便宜的房間嗎？

Are there any cheaper rooms?

阿　　貼兒　宴尼　　七波　　潤司

你有大一點的房間嗎？

Do you have a bigger room?

兔　油　黑夫 惡　逼哥兒　潤

三個人可住在同一間房間嗎？

Can three people stay in a room?

肯　　素力　　匹波　　司爹 印兒　潤

退房是幾點？

When is the checkout time?

惠恩　以司 得　　切克奧特　太母

---

 3 · 我要客房服務 Track **39**

有提供客房服務嗎？

Do you have room service?

兔　油　黑夫　潤　舍夫司

客房服務您好，有什麼我可以效勞的嗎？

Room service, may I help you?

潤　　舍夫司，　妹 愛　黑兒普 油

自己 Check　出發前：7天〇　6天〇　5天〇　4天〇　3天〇　2天〇　1天〇

這裡是503號房。我想要叫早餐。

Yes, this is room 503. I'd like to order some breakfast.

也司，力司 以司 潤 壞夫歐素力。艾得 賴克 兔 歐得 山母 不雷克佛司特

你們有洗衣服務嗎？

Do you have laundry service?

兔 油 黑夫 藍醉 舍夫司

我想打市內電話。

I want to make a local call.

愛 旺 兔 妹克惡 樓扣 扣

我想打國際電話。

I want to make an international call.

愛 旺 兔 妹克 厭 因特內巡了 扣

我想寄明信片。

I'd like to send a postcard.

艾得 賴克 兔 先得 惡 剖司特卡

我要傳真。

I'd like to send a fax.

艾得 賴克 兔 先得 惡 非渴死

我可以用網路嗎？

Could I use the Internet?

庫得 愛 油司 得 印特內特

自己 Check 出發前：7天○ 6天○ 5天○ 4天○ 3天○ 2天○ 1天○

4 · 我要吐司

Track **40**

我要<u>吐司</u>。
I'd like <u>toast</u>.
艾得 賴克　投司特

煎餅 **pancakes** 偏克也可司	培根 **bacon** 背肯	火腿加蛋 **ham and eggs** 黑母 安得 耶哥司
比薩 **pizza** 披薩	三明治 **a sandwich** 惡 先得位娶	臘腸 **sausage** 收夕急

5 · 房裡冷氣壞了

Track **41**

我房間的<u>電視</u>壞了。
The <u>TV</u> in my room is broken.
得　梯夫 印 麥　潤　以司 不肉肯

自己 Check　出發前： 7天○　6天○　5天○　4天○　3天○　2天○　1天○

Happy learning.　　Have a nice trip!　　So Easy!!!

8
飯店

鎖 **lock** 拉可	暖氣 **heater** 喝衣特	迷你吧 **mini-bar** 迷你 - 吧
按摩浴缸 **Jacuzzi** 基庫記	空調 **air conditioner** 耶兒 看低訓呢	鬧鐘 **alarm clock** 惡拉母 可拉可

吹風機 **hair-drier** 黑兒 - 踁兒	傳真 **fax machine** 發克斯 妹尋

我可以要一條乾淨的床單嗎？
Can I have <u>a clean sheet</u>, please?
肯 艾 黑夫　惡　可林　　夕特，　普力司

一些衣架 **some hangers** 山母 黑恩哥司	一些冰塊 **some ice** 山母 愛司	枕頭 **a pillow** 惡 波露
一些乾淨的毛巾 **some clean towels** 山母 可林 桃兒司	熨斗 **an iron** 厭 愛龍	吹風機 **a hair-drier** 惡 黑兒 - 踁兒

自己 Check　出發前：7天〇　6天〇　5天〇　4天〇　3天〇　2天〇　1天〇

例句

我把鑰匙忘在房裡了。

I left my key in the room.
愛 力夫特 麥　 基 印 得　 潤

我鑰匙丟了。

I've lost my key.
愛福 漏司特 麥　 基

我忘記我的房號了。

I forgot my room number.
愛 佛咖特　 麥　　 潤　　 藍波

請換床單。

Please change the sheets.
普力司　　 欠及　　 得　 夕此

沒有衛生紙。

There's no toilet paper.
淚兒次　　 諾　 偷衣淚特 配普兒

你可以教我怎麼用保險箱嗎？

Could you show me how to use the safe?
庫　 油　　 秀　 密　 浩兔　 油司 得　 誰福

我可以換到禁煙的房間嗎？

Can I change to a non-smoking room?
肯 艾　　 欠及　 兔 惡　 那嗯-司末金印　　 潤

自己 Check 出發前：7天○　6天○　5天○　4天○　3天○　2天○　1天○

請清掃我的房間。

Please clean up my room.

普力司　　可林　阿普　麥　　潤

8
飯店

好用單字

毛毯 **blanket** 不藍幾特	肥皂 **soap** 受普	棉被 **comforter** 康佛特
床單 **sheet** 夕特	插座 **power outlet** 跑兒 傲特淚特	（電線）插頭 **plug** 普辣哥
床罩 **bed spread** 貝得 司普銳的	檯燈 **lamp** 練普	水龍頭 **faucet** 火夕特
浴缸 **bathtub** 貝司達布	（櫃台）保險櫃 **safe deposit box** 誰夫 低趴夕特 爸克司	冰箱 **refrigerator** 銳非基銳特

6 · 我要退房

Track **42**

我想退房。

I want to check out.

愛　　旺　兔　　卻克　奧特

自己 Check 出發前：7天○　6天○　5天○　4天○　3天○　2天○　1天○

我幾分鐘後就退房。

I'll be checking out in a few minutes.

艾兒 比　　切可因　　奧特 印惡 妃　　迷你次

我很急。

I'm in a hurry.

愛母 印惡　喝瑞

麻煩你請人幫忙我拿行李好嗎？

Can you send someone up for my luggage, please?

肯 油　　先得　　桑母彎 阿普 佛 麥　　辣基急，　普力司

我沒使用迷你吧。

I didn't use the mini-bar.

愛 低等特　　油司　得　迷你-吧

我沒有叫客房服務。

I didn't order room service.

愛 低等特　　歐得　　潤　　舍非司

這含稅嗎？

Is this including tax?

以司 力司　　因庫丁 貼渴死

你們接受信用卡嗎？

Do you accept credit cards?

兔　油　誒塞普特　克瑞滴特　卡次

自己 Check 出發前：7天○ 6天○ 5天○ 4天○ 3天○ 2天○ 1天○

1 · 附近有義大利餐廳嗎 Track **43**

附近有<u>義大利餐廳</u>嗎？
Is there <u>an Italian restaurant</u> around here?
以司 淚兒　厭　義大利　瑞司特讓　餓讓得　喜兒

日式餐廳
a Japanese restaurant
惡 甲胖尼子 瑞司特讓

墨西哥餐廳
a Mexican restaurant
惡 妹細肯 瑞司特讓

印度餐廳
an Indian restaurant
厭 因低嗯 瑞司特讓

中國餐廳
a Chinese restaurant
惡 恰尼司 瑞司特讓

韓國餐廳
a Korean restaurant
惡 可里恩 瑞司特讓

越南餐廳
a Vietnamese restaurant
惡 夫燕呢秘子 瑞司特讓

印尼餐廳
an Indonesian restaurant
厭 因斗尼珍 瑞司特讓

泰國餐廳
a Thai restaurant
惡 太 瑞司特讓

西班牙餐廳
a Spanish restaurant
惡 司班尼許 瑞司特讓

自己 Check　出發前：7天○　6天○　5天○　4天○　3天○　2天○　1天○

例句

他們有海鮮嗎？

Do they have seafood?

斗　涙　　黑夫　夕父的

那裡的菜好吃嗎？

Is the food good there?

以司 得　父的　古得　涙兒

那裡有什麼好吃的菜？

What's good there?

華次　　古得　涙兒

它在哪裡？

Where is it?

惠兒　以司 衣特

你推薦些什麼？

What do you recommend?

華特　兔　油　　瑞肯妹得

那很貴嗎？

Is it expensive?

以司 以特 衣克司配夕五

那裡的氣氛怎麼樣？

What's the atmosphere like?

華次　得　　啊特門司非兒　賴克

---

2 · 我要預約

Track **44**

9 用餐

我要預約**兩人**，今晚六點。

I want to make a reservation for **2 people**
愛　　旺　兔　妹克　兒　　　　瑞者非迅　　　佛　兔　　匹波
at 6:00 tonight.
阿特 稀客司 兔耐特

八人／今晚七點
8 people／7:00 tonight
阿耶特 匹波／誰吻 兔耐特

四人／明晚約八點
4 people／8:00 tomorrow night
否兒 匹波／阿耶特 土馬肉 耐特

兩人／週六晚上六點
2 people／6:00 on Saturday night
兔 匹波／稀客司 昂 沙特爹 耐特

兩大人和一小孩／7月7日十二點
2 adults and 1 child／12:00 on July 7th
兔 惡豆此 安得 萬 恰兒的／退兒福 昂 九來 誰吻司

自己 Check 出發前：7天○ 6天○ 5天○ 4天○ 3天○ 2天○ 1天○

例句

套餐多少錢？

How much is the set meal?

浩　　罵取 以司　得　誰特 妹兒

我們可以坐靠窗的位子嗎？

Can we have a table by the window?

肯　威　黑夫惡 貼剖　百 得　威恩豆

有沒有吸煙區？

Is there a smoking section?

以司　淚兒 惡　　司末克印　塞克迅

你們有服儀規定嗎？

Do you have a dress code?

賭　油　黑夫 惡　最司　扣得

有的，請您穿外套繫領帶。

Yes, please wear a jacket and a tie.

也司，　普力司　威兒 惡　甲克　安得 惡 太

不，我們沒有（規定）。

No, we don't have one.

諾，　威　洞特　黑夫 萬

可以讓寵物進去嗎？

Are pets allowed?

阿　　配此　惡老的

9
用
餐

我們要等多久？

How long is the wait?

好　　弄　以司得　未特

---

 3 · 我要點菜　　Track 45

麻煩你給我看一下菜單。

Can I see a menu, please?

肯　艾　西　惡　　妹牛，　普力司

你推薦些什麼呢？

What do you recommend?

華特　　賭　　油　　　瑞肯妹得

要不要來點魚和馬鈴薯片？

How about some fish and chips?

浩　　阿抱特　　山母　非虛　安得　七普司

我要這個。

This one, please.

力司　萬，　普力司

我可以要一個小盤子嗎？

Can I have a small plate, please?

肯　艾　黑夫　惡　司眸兒　普淚特，普力司

今天的特餐是什麼？

What is today's special?

華特 以司 土爹司　　司配秀

---

4 ・ 給我火腿三明治　　Track **46**

給我<u>火腿三明治</u>。

I'll have the <u>ham sandwich</u>.

艾兒　黑夫　得　哈母　先得位娶

燉牛肉 **beef stew** 比福 司丟	漢堡肉排 **hamburg steak** 黑母剝哥 司貼可
蒸龍蝦尾 **steamed lobster tail** 司梯母的 拉布司特 貼了	烤鮭魚 **grilled salmon** 哥瑞歐 沙夢
烤劍魚排 **grilled swordfish steak** 哥瑞歐 受的吠許 司貼可	煎焗彩紅鱒魚 **pan-fried rainbow trout** 片恩-福來的 銳恩剝 翠傲特

烤蝦 & 扇貝
grilled shrimp & scallops
古淚的 司為母 厭的 司夠了普司

自己 Check 出發前：7天○ 6天○ 5天○ 4天○ 3天○ 2天○ 1天○

Happy learning. Have a nice trip! So Easy!!!

5 · 給我果汁

Track **47**

9
用餐

要不要喝點飲料?
Would you like something to drink?
巫的　油　賴克　　　桑幸　兔　准可

一好,請給我咖啡。
—Yes. I'd like <u>coffee</u>, please.
—　也司 艾得　賴克　咖啡，　普力司

果汁 **juice** 啾司	礦泉水 **mineral water** 迷了喔 窩特	茶 **tea** 替
熱可可 **hot chocolate** 哈特 洽卡力特	可樂 **Coke** 口渴	冰沙 **a smoothie** 惡 司母地
蘋果西打 **apple cider** 阿波 塞得	檸檬汽水 **lemon fizz** 檸檬 吥子	冰咖啡 **iced coffee** 愛司 咖啡
濃縮咖啡 **espresso** 耶司陪受	卡布奇諾 **cappuccino** 卡布奇諾	歐雷咖啡 (拿鐵咖啡) **cafe au lait** 咖啡 歐雷

自己 Check　出發前：7天〇　6天〇　5天〇　4天〇　3天〇　2天〇　1天〇

111

6 **給我啤酒** Track **48**

您想要喝些什麼嗎？
What would you like to drink?
華特　　巫的　　油　賴克 兔　准可

一啤酒，麻煩你。
—Beer, please.
— 比兒，　普力司

一杯葡萄酒
A glass of wine
惡 哥拉司 歐夫 外印

自製的葡萄酒
House wine
好司 外印

威啤酒
Budweiser
爸得外子

一瓶啤酒
A bottle of beer
惡 巴頭 歐夫 比兒

生啤酒
Draft beer
抓夫特 比兒

雪利酒
Sherry
雪利

白酒
White wine
准特 外印

紅酒
Red wine
瑞得 外印

白蘭地
Brandy
白蘭地

香檳
Champagne
香檳

自己 Check 　出發前：7天○　6天○　5天○　4天○　3天○　2天○　1天○

7 · 我還要甜點 ： Track 49

你們有餐巾嗎？

Do you have a napkin?

賭　油　　黑夫惡　　那普金

請回沖，謝謝。

I'd like a refill, please.

艾得 賴克 惡　銳吠了，普力司

可以再給我一些麵包嗎？

Some more bread, please?

山母　　摸兒　　不瑞得，　普力司

可以幫我拿一下鹽嗎？

Could you pass the salt, please?

庫　　秋　　趴司　得　收特，　普力司

可以給我水嗎？

Can I have some water?

肯　艾　黑夫　　山母　　窩特

我可以要一個茶匙嗎？

Can I have a teaspoon?

肯　艾　黑夫　惡　　踢司撲

我叫了咖啡，但是還沒有來。

I ordered coffee, but it hasn't come yet.

愛　　歐得　　咖啡，八特 以特 哈怎特　　康　也特

自己 Check　出發前：7天〇　6天〇　5天〇　4天〇　3天〇　2天〇　1天〇

113

8 · 吃牛排

Track 50

你的牛排要幾分熟？

How do you like your steak?
浩　兔　油　賴克　油兒　司貼可

一三分。

—Rare.
—銳兒

五分 **Medium** 迷弟恩	七分 **Medium-well** 迷弟恩 - 餵兒	全熟 **Well-done** 餵兒 - 當

好用單字

馬鈴薯泥 **mashed potatoes** 媽許的 趴貼投司	雞胸肉 **chicken breast** 七克因 布銳司特	小牛肉 **veal** 為歐
羊肉 **mutton** 媽疼	龍蝦 **lobster** 露布司特	大蝦 **prawns** 不辣恩師
鮭魚 **salmon** 沙蒙	生蠔 **oysters** 歐乙司特	沙朗牛排 **sirloin** 社落印

自己 Check 出發前：7天○ 6天○ 5天○ 4天○ 3天○ 2天○ 1天○

9 在速食店

9 用餐

我要一個起司漢堡。
I want a cheeseburger.
愛　旺特　惡　　起司　伯哥

一個麥香堡 **a Big Mac** 惡 必哥 麥克	一些雞塊 **some chicken nuggets** 山母 七克因 那給此

一個魚排堡 **a fish-fillet** 惡 吠許 - 吠淚特	一份大薯條 **a large fries** 惡 拉急 福來子	一個蘋果派 **an apple pie** 厭 阿波 派

一個冰淇淋
an ice cream
厭 愛司 可里母

一個草莓（巧克力／香草）聖代
a strawberry(chocolate／vanilla) sundae
惡 司抓背里（洽卡力特／北尼拉）聖代

一個火雞肉三明治
a turkey sandwich
惡 特基 先得位娶

自己 Check 出發前：7天○ 6天○ 5天○ 4天○ 3天○ 2天○ 1天○

例句

內用或是外帶？

For here, or to go?
佛　喜兒，歐兒兔　勾

內用，謝謝。

For here, please.
佛　喜兒，　普力司

外帶，謝謝。

Make it to go, please.
妹克　以特兔　勾，　　普力司

可樂要多大杯？

What size (of) Coke would you like?
華特　賽子　　　　口渴　　巫的　　油　　賴克

我要大（中／小）的。

Large(medium／small), please.
拉急(媚低烏母／司眸兒),　　　普力司

您要哪種麵包？

What kind of bread would you like?
華特　開恩的　歐夫　不瑞得　　巫的　　油　　賴克

您要放蕃茄醬嗎？

Would you like ketchup on it?
巫的　　油　　賴克　克也恰普　昂　衣特

我不要洋蔥。
Without onions, please.
位子奧特　　歐尼恩，　　普力司

9
用餐

 10 ・ 付款　　　Track **52**

我去拿帳單。
Let me get the bill.
累特 密　給特　得　必兒

我們各付各的吧。
Let's go dutch.
列此　夠　　達七

我來付帳。
It's on me.
以次 昂　　密

我堅持這次由我來付帳。
It's my treat. I insist.
以次　麥　　催特，愛 因夕司特

麻煩你，我要買單。
Can I have the bill, please?
肯 艾　黑夫　得　必兒，普力司

自己 Check 出發前：7天〇　6天〇　5天〇　4天〇　3天〇　2天〇　1天〇

一個馬芬和一杯拿鐵咖啡共是多少錢？

How much is a muffin and a latte?

浩　　罵取　以司 惡　　馬芬　安得 惡 拿鐵

這是什麼費用？

What is this charge for?

華特 以司 力司　　洽急　佛

我們該付多少小費？

How much should we tip?

浩　　罵取　　舒的　威　梯普

這有含稅嗎？

Is that including tax?

以司　列特　　因庫丁　貼司

你們接受信用卡付費嗎？

Do you accept credit cards?

兔　　油　　誒塞普特 克瑞滴特　卡次

小記

1 · 購物去囉

Track **53**

10
購
物

這個地帶有<u>百貨公司</u>嗎？

Is there a(an) <u>department store</u> in this area?

以司　貼兒　惡（厭）　地扒特門特　　司頭兒　印　力司　阿銳阿

購物商場 **shopping mall** 瞎拼 某兒	雜貨店 **grocery store** 哥弱蝦里 司頭兒	超級市場 **supermarket** 舒跑媽基特

便利商店 **convenience store** 肯飛尼恩司 司頭兒	運動用品店 **sporting goods store** 司剖停 古疵 司頭兒

書局 **book store** 不可 司頭兒	唱片行 **CD shop** 西迪 下普	藥局 **pharmacy** 發門夕

花店 **flower shop** 福老兒 下普	精品店 **boutique** 不梯可	鞋店 **shoe store** 舒 司頭兒

珠寶店 **jewelry store** 九里 司頭兒	古董店 **an antique store** 厭 厭梯可 司頭兒

自己 Check　出發前：7天〇　6天〇　5天〇　4天〇　3天〇　2天〇　1天〇

美容沙龍 **salon** 沙龍	美妝用品店 **cosmetics store** 卡司媚梯可 司頭兒	紀念品商店 **souvenir shop** 舒北尼兒 下普

2 · 女裝在哪裡

Track **54**

女裝在哪裡？
Where is women's wear?
惠兒　以司　　位門司　為兒

男裝 **men's wear** 門司 為兒	童裝 **children's wear** 求潤司 為兒

化妝品部
the cosmetics department
得 卡司媚梯可 地扒特門特

家電 **home appliances** 後母 惡普來西施	藥品 **the pharmacy** 得 發門夕

自己 Check 出發前：7天○　6天○　5天○　4天○　3天○　2天○　1天○

禮品包裝 **gift-wrapping** 給夫特 - 瑞拼音	服務台 **the information desk** 得 印佛妹迅 爹司克

入口（出口）
the entrance（exit）
得 宴存司（一哥幾特）

3 • 買小東西　Track 55

有什麼我可以幫忙的嗎？
May I help you?
妹　愛　黑兒普　油

—我在找數位相機。
—I'm looking for a digital camera.
— 愛母　路克印　佛惡　低及投　卡賣拉

筆 **a pen** 惡 配嗯	筆記本 **a notebook** 惡 諾特不可	書 **a book** 惡 不可

報紙 **a newspaper** 惡 紐司 配普兒	雜誌 **a magazine** 惡 妹哥幾	明信片 **a postcard** 惡 剖司特卡得
CD 唱片 **a CD** 惡 夕低	包包 **a bag** 惡 八哥	帽子 **a hat** 惡 黑特

耳環 **earrings** 衣兒潤絲	鋼筆 **a fountain pen** 惡 發恩天 配嗯
隨身日記本 **a pocket dairy** 惡 趴基特 帶兒里	唱片 **a record** 惡 銳可兒

領帶 **a tie** 惡 太	世界知名品牌 **world famous brands** 我餓 非門思 布藍的司

4 我要看毛衣

Track **56**

我要看毛衣/我正在找毛衣。

I'm looking for a sweater.
愛母　路克印　佛　惡　舒為特

自己 Check 出發前：7天○ 6天○ 5天○ 4天○ 3天○ 2天○ 1天○

10
購物

西裝 **a suit** 惡 舒特	洋裝 **a dress** 惡 最司	T 恤 **a T-shirt** 惡 梯 - 社特
裙子 **a skirt** 惡 司可特	睡衣 **pajamas** 趴甲媽司	牛仔褲 **jeans** 進司

褲子 **a pair of pants** 惡 配兒 歐夫 趴恩此	手套 **a pair of gloves** 惡 配兒 歐夫 哥辣舞司

外套 **a coat** 惡 口特	夾克 **a jacket** 惡 甲基特	背心 **a vest** 惡 飛司特

泳衣 **a swimsuit** 惡 司位舒特	短上衣（女用） **a blouse** 惡 不老思

胸罩 **a bra** 惡 不辣	領帶 **a tie** 惡 太	毛巾 **towels** 桃兒司

自己 Check　出發前：7天○　6天○　5天○　4天○　3天○　2天○　1天○

5 ‧ 店員常說的話

您要什麼？
May I help you?
妹　愛　黑兒普　油

這個如何？
What about this one?
華特　　阿抱特　力司　萬

這是知名品牌。
It's a well-known brand.
以次 惡　　餵兒-農　　布來恩的

你穿起來很好看。
It looks nice on you.
以特 路克司　耐司　昂　油

樣式很流行。
It's in style.
以次 印　司太兒

這正好很合身。
It's a perfect fit.
以次 惡　坡吠可特　非特

你穿起來真好看。
It looks fabulous on you.
以特 路克司　　妃比樂死　昂　油

---

6 ● 我可以試穿嗎

我可以試穿嗎？
Can I try it on?
肯 艾 翠 以特 昂

我可以看看那個嗎？
Can I see that one, please?
肯 艾 西 列特 萬, 普力司

你們有沒有別的顏色？
Do you have this in any other colors?
賭 油 黑夫 力司 印 宴尼 阿得 卡了司

你穿起來很好看。
It looks nice on you.
以特 路克司 耐司 昂 油

試衣間在那裡？
Where's the fitting room?
惠兒司 得 非聽 潤

不合身。
It doesn't fit.
以特 得任特 非特

很合身。
It fits well.
以特 非此 餵兒

自己 Check 出發前：7天○ 6天○ 5天○ 4天○ 3天○ 2天○ 1天○

125

7 · **我要紅色那件**

我要紅色那種的。
I want the red ones.
愛　旺特　得　瑞得　萬思

黃色 **yellow** 也露	灰色 **gray** 哥銳	橘色 **orange** 歐連幾
紅色 **red** 瑞得	粉紅色 **pink** 拼可	白色 **white** 懷特
黑色 **black** 不拉可	咖啡色 **brown** 布朗	米黃色 **beige** 背局
藍色 **blue** 不露	綠色 **green** 古林	紫色 **purple** 波婆
金色 **gold** 勾的	銀色 **silver** 夕惡	格子花紋 **checkered** 切可的

自己 Check　出發前：7天○　6天○　5天○　4天○　3天○　2天○　1天○

條紋 **striped** 司翠特	花紋 **flowered** 福老兒的	水珠圖案 **polkadotted** 剖可達弟的

⑩ 購物

8 這是棉製品嗎 Track **60**

這是棉製品嗎？
Is this cotton?
以司 力司　卡疼

亞麻布 **linen** 力玲	尼龍 **nylon** 尼龍	聚酯 **polyester** 剖力也司特
絲 **silk** 夕兒可	毛 **fur** 佛兒	皮 **leather** 淚得

自己 Check　出發前：7天○　6天○　5天○　4天○　3天○　2天○　1天○

127

9 · 我不喜歡那個顏色

Track 61

我不喜歡那個<u>顏色</u>。

I don't like the <u>color</u>.

愛　洞特　賴克　得　卡了

樣式 **pattern** 陪疼	品質 **quality** 跨力踢	材質 **material** 門梯里兒

例句

穿起來很舒服。

It feels good.

以特 吷兒司　古得

能防水嗎？

Is this waterproof?

以司 力司　窩特普路福

我能用洗衣機洗嗎？

Can I put it in the washing machine?

肯 艾 撲特 以特 印　得　　娃心　　門心

這需要手洗嗎？

Do I have to hand-wash this?

賭 愛　黑夫　兔　　喝厭的-娃許　力司

自己 Check 出發前：7天○ 6天○ 5天○ 4天○ 3天○ 2天○ 1天○

我要怎麼保養它？
How should I care for this?
浩　　休得　愛　克也兒　佛　力司

10 • 太小了　　Track **62**

太小了。
It's too small.
以次　　兔　　司眸兒

大 **big** 必哥	長 **long** 弄	短 **short** 休特

簡單／素 **plain** 普淚恩	貴 **expensive** 衣司配夕五
鬆 **loose** 路司	緊 **tight** 太特

例句

你有沒有大一點的？
Do you have a bigger one?
賭　油　黑夫惡　逼哥兒　萬

這件適合我。
It fits me well.
以特 非此 蜜　餵兒

11 • 我要這件　Track **63**

我要這件。
I'll take this one.
艾兒　貼克　力司　萬

你還要什麼嗎？
Do you need anything else?
賭　油　逆得　宴尼幸　耶兒司

這個也不錯。
This one is nice, too.
力司　萬　以司 耐司，兔

自己 Check 出發前：7天〇　6天〇　5天〇　4天〇　3天〇　2天〇　1天〇

12 • 買鞋子

⑩ 購物

這雙高跟鞋多少錢?

How much are these <u>high heels</u>?

浩　　罵取　阿　　地司　害　西了司

一這個要十元美元.

—They're $10.

—　　　淚阿　　天　達了司

膠底運動鞋 **sneakers** 尼克司	休閒鞋 **loafers** 露否司	女用搭配裙子的鞋子 **dress shoes** 最司 秀司
女用拖鞋 **mules** 迷歐司	靴子 **boots** 不此	西部靴 **cowboy-boots** 考兒剝衣 - 不此
網球鞋 **tennis shoes** 貼尼司 秀司	慢跑鞋 **jogging shoes** 甲基 秀司	涼鞋 **sandals** 仙斗思

自己 Check 出發前：7天〇　6天〇　5天〇　4天〇　3天〇　2天〇　1天〇

13 ・ 有大一點的嗎？　Track **65**

有大一點的嗎？
Do you have a larger size?
賭　油　黑夫　惡　拉急兒 賽子

中碼／M 號
a medium
惡 迷低燕

加大 ／ XL 號
an extra-large
厭 耶克斯翠 - 拉急

小一點
a smaller size
惡 司眸樂 賽子

更小一點 ／ XS 號
an extra small
厭 耶克斯翠 司眸兒

---

14 • 有其他顏色嗎？

Track 66

⑩ 購物

有其他顏色嗎？
Do you have any in other colors
賭　油　黑夫　宴尼　印　阿得　卡了司

其他樣式
with other designs
位子 阿得 爹賽印司

其他材質
made from other material
妹的 夫讓 阿得 門梯里兒

其他花色
with another pattern
位子 安那得 趴特恩

其他款式
other styles
歐得 司呆鵝司

---

15 • 我只是看看

Track 67

我只是看看。
I'm just looking.
愛母 架司特 路克印

也許下次吧。
Maybe next time.
妹逼　內渴死 太母

自己 Check　出發前：7天〇　6天〇　5天〇　4天〇　3天〇　2天〇　1天〇

我必須考慮一下。

I need to think about it.

艾　逆得　兔　幸克　阿抱特 衣特

我待會再來。

I'll come back later.

艾兒　抗　貝克　淚特

謝謝！需要幫忙時我會叫你的。

Thank you. I'll let you know if I need any help.

山可　油。 艾兒 淚特　油　諾　衣福艾 逆得　宴尼　黑兒普

16 · 購物付錢

Track 68

這多少錢?

How much is this?

浩　　罵取　以司 力司

一一千五百元美元。

—1,500 dollars.

一萬刀怎 懷夫憨醉 達了司

一分錢 **1¢** 萬 仙特	五分錢 **5¢** 外夫 仙此	十分錢 **10¢** 天 仙此
二十五分錢 **25¢** 團體外夫 仙此	一元美元 **$ 1** 惡 打了	五元美元 **$ 5** 壞夫 達了司
十元美元 **$ 10** 天 達了司	二十元美元 **$ 20** 團體 達了司	五十元美元 **$ 50** 吠福梯 達了司

10

購
物

17・討價還價

Track **69**

算便宜一點嘛！

A little cheaper, please.

惡 力頭　　七波，　　普力司

再打個折扣嘛！

A little discount, please.

惡 力頭　　低司康特，　　普力司

不到二十元美元的話就買。

If it costs less than $20, I could buy it.

衣福 以特 空司此 涙司 連 團體 達了司，愛 庫得　拜　衣特

自己 Check　出發前：7天〇　6天〇　5天〇　4天〇　3天〇　2天〇　1天〇

這是半價了。

They're fifty percent off.

淚兒　　吠福踢　　趴仙特　歐福

買二送一。

These are buy two, get the third one free.

地司　阿　　拜　　兔，給特　得　　捨得　萬　　夫力

例句

收銀台在哪裡？

Where is the cashier?

惠兒　以司 得　　卡許兒

這多少錢？

How much is this?

浩　　罵取　以司 力司

我要刷卡。

I'd like to pay by card.

艾得　賴克　兔　　配　　百　卡得

您要分幾次付款？

How many installments?

浩　　妹尼　　因司答門此

一次。
One.
萬

六次。
Six.
夕渴死

可以幫我寄到台灣嗎？
Could you ship this to Taiwan?
庫　油　夕普　力司兔　台灣

運費多少錢？
How much is the shipping cost?
浩　罵取 以司 得　夕拼　口司特

什麼時候送到？
When will it arrive?
惠恩　為而 以特 惡銳夫

---

18 ● 退貨換貨　Track **70**

我要退貨。
I'd like to return this.
艾得 賴克 兔　銳疼　力司

我想換貨。

I'd like to exchange this.

艾得 賴克 兔　　衣司欠及　　力司

我昨天買的。

I bought this yesterday.

愛　　伯特　　力司　　耶司特爹

我可以換別的東西嗎？

Can I exchange it for something else?

肯 艾　　衣司欠及 以特 佛　　山幸　　耶了司

有污漬。

There's a stain.

淚兒次　惡　司天印

有個洞。

There's a hole.

淚兒次　惡　厚兒

不合身。

It doesn't fit.

以特 得任特　非特

它讓我看起來很胖。

It makes me look fat.

以特 妹克司　蜜　路克　肥特

自己 Check　出發前：7天○　6天○　5天○　4天○　3天○　2天○　1天○

我改變主意了。

I'm having second thoughts.

愛母　　黑夫因　　誰肯　　　受此

我想退錢。

I'd like a refund.

艾得 賴克 惡　銳謊得

這是收據。

Here's the receipt.

喜兒司　　得　　瑞西特

我們無法退錢。

It's nonrefundable.

以次　　　　農銳謊得伯

小記

....
....
....
....
....
....
....
....

自己 Check　出發前：7天〇　6天〇　5天〇　4天〇　3天〇　2天〇　1天〇

So Easy!!!

Have a nice trip!

1 · **坐車去囉**

Track **71**

去搭巴士吧。

Let's go by <u>bus</u>.
列此　　夠 百　巴士

一好。

—OK.
— 歐克也

腳踏車 **bike** 拜可	汽車 **car** 卡	捷運 **MRT** 也母阿替
電車 **train** 翠恩		地鐵 **subway** 沙伯未
計程車 **taxi** 貼克西	摩托車 **motorcycle** 摩托賽口	輪船 **ship** 夕普
飛機 **airplane** 愛兒普連	小船 **boat** 伯特	直升機 **helicopter** 黑力卡普特

自己 Check　出發前：7天○　6天○　5天○　4天○　3天○　2天○　1天○

140

2 ． 我要租車

Track
72

請問你們有<u>小型車</u>嗎？

Do you have any <u>compact</u> cars?

賭　油　黑夫　宴尼　　康貝可特 卡司

一當然有。

—Of course.

— 　 歐夫　扣司

省油的 **economy** 耶康呢米	中型的 **mid-sized** 秘的 - 賽司的	標準規格的 **full-sized** 富兒 - 賽司的
日本的 **Japanese** 甲胖尼子	四門的 **4-door** 否兒 - 斗兒	美國的 **American** 阿瑪莉肯

例句

總共多少錢？

What is the total?

華特 以司 得　　投投

有包括稅金跟保險費嗎？

Does it include tax and insurance?

得司 以特　因庫得　貼克斯 安得　　因休潤司

自己 Check 出發前：7天○　6天○　5天○　4天○　3天○　2天○　1天○

我希望投所有的保險。

I'd like full coverage.

艾得 賴克 富兒 卡北里急

我的車子故障了。

My car broke down.

麥 卡 布弱可 當恩

我的車爆胎了。

I got a flat tire.

愛 勾特 惡 福拉特 太兒

請幫我叫拖車。

Please call a tow truck.

普力司 扣 惡 偷 拖拉可

煞車不怎麼靈光。

The brakes don't work very well.

得 布銳可司 洞特 我可 飛里 餵兒

我不會開手排車。你有自排車嗎？

I can't drive a stick. Do you have any automatics?

愛 肯特 踋衣服 惡 司梯可。賭 油 黑夫 宴尼 歐投妹梯可

小記

好用單字

駕照 **driver's license** 跩娥司 來紳士	國際駕照 **international driving permit** 因特內訓了 跩餅 波秘特
車子的種類 **type of car** 太普 歐夫 卡	租車契約 **rental contract** 連頭 康翠可特
（車子）登記書 **registration** 銳基司催巡	

11 各種交通

---

3 ⬤ 先買票
Track **73**

去市中心的車票是多少錢？
How much is a ticket to downtown?
浩　　罵取 以司 惡　梯基特 兔　　　當桃

來回票
round-trip ticket
弱恩的-催普　　梯基特

單程票
one-way ticket
萬-威　　梯基特

自己 Check 出發前：7天○　6天○　5天○　4天○　3天○　2天○　1天○

143

多少錢？

How much is it?

浩　　罵取　以司 衣特

要花多少時間？

How long does it take?

好　　弄　　得司　　以特 貼克

我要買一張票。

I'd like to buy a ticket.

艾得 賴克 兔　拜　惡 梯基特

---

4 ● 坐公車　　　Track **74**

公車站在哪裡？

Where is the bus stop?

惠兒 以司 得　　巴士 司豆普

你們會停西八街嗎？

Do you stop at West 8th Street?

賭　油　司豆普 阿特 威司特 耶斯　司翠特

不，請你坐104。

No, take the 104.

諾，貼克 得 萬 歐 否兒

自己 Check 出發前：7天○ 6天○ 5天○ 4天○ 3天○ 2天○ 1天○

車票多少錢？

How much is the fare?

浩　罵取　以司得　非兒

哪一輛公車會到那裡？

Which bus goes there?

威取　巴士　勾司　淚兒

去西八街要多久？

How long does it take to West 8th Street?

好　弄　得司　以特　貼克　兔　威司特　耶斯　司翠特

我該下車時請你告訴我好嗎？

Will you tell me when to get off?

為而油　貼兒　蜜　惠恩　兔　給特　歐福

請給我轉乘票。

May I have a transfer ticket?

妹　愛　黑夫惡　吹司佛　梯基特

我要在這裡下車。

I'd like to get off here.

艾得　賴克　兔　給特　歐福　喜兒

請開後車門。

Open the rear door, please.

歐噴　得　銳兒　斗兒,　普力司

好用單字

回數票 **ticket book** 梯基特 不可	一日遊票 **one-day pass** 萬-爹 趴司	目的地 **destination** 爹司踢內想
轉車 **transfer** 吹司佛	下一站 **next stop** 內克斯特 司豆普	上車 **get on** 給特 昂
下車 **get off** 給特 歐福	代幣 **token** 偷啃	閘門 **gate** 給特

5 · 坐地鐵　　Track **75**

地鐵站在哪裡？
Where is the <u>subway station</u>?
惠兒 以司 得　　沙伯未 司爹迅

入口 **entrance** 豔唇司	出口 **exit** 一哥細特
售票機 **ticket machine** 梯基特 門巡	補票處 **fare adjustment office** 非兒 阿架思門特 歐福司

自己 Check 出發前：7天○ 6天○ 5天○ 4天○ 3天○ 2天○ 1天○

例句

這火車有到中央公園嗎？

Does this train go to Central Park?

得司　力司　翠恩　夠　　兔　　仙球　趴兒可

有，有到。

Yes, it does.

也司，以特 得司

沒到，你必須轉搭紅線。

No. You have to change to the red line.

諾　　油　　黑夫　兔　　欠及　　兔　得　瑞得 來因

它有停中央公園嗎？

Will it stop at Central Park?

為而 以特 司豆普 阿特　仙球　　趴兒可

到中央公園前有幾站？

How many stops until Central Park?

浩　　妹尼　司豆普司 昂替了　　仙球　　趴兒可

我該到哪裡轉車？

Where do I transfer?

惠兒　賭　愛　穿司佛

我該在哪個站下車？

At which stop should I get off ?

阿特　　威取　司豆普　　休得　愛 給特 歐福

自己 Check 出發前：7天○　6天○　5天○　4天○　3天○　2天○　1天○

147

好用單字

車票 **ticket** 梯基特	回數券 **coupon ticket** 酷朋 梯基特
地鐵車票 **a Metro Card** 惡 妹求 卡得	交通卡 **a transit card** 惡 翠夕特 卡得

6 · 坐火車　Track 76

去長島的車票。

A ticket to Long Island, please.

惡 梯基特 兔　　弄　　愛憐的，普力司

哪一天的？

For what day?

佛　　華特　爹

今天，現在。

Today. Now.

土爹　　那烏

五元。下一班火車在十點四十分開出。

That's five dollars. The next train leaves at 10:40.

列此　　壞夫　達了司。　得　內克司 翠恩　　力舞司 阿特 天:佛替

自己 Check　出發前：7天○　6天○　5天○　4天○　3天○　2天○　1天○

148

7 ・ **坐計程車** Track **77**

去哪裡？
Where to?
惠兒　兔

173東85街。
173 East 85th Street.
彎憨醉　誰吻弟　書力　衣司　耶梯吠否　司翠特

我要到這個地址。
Please take me to this address.
普力司　貼克　蜜　兔　力司　　惡最司

到大中央車站要多久？
How long is the ride to Grand Central Station?
好　　弄　以司　得　　銳的　兔　　哥瑞的　　仙球　　司爹迅

到市中心計程車費要多少？
How much is the cab fare to downtown?
浩　　罵取　以司　得　可阿布　非兒　兔　　當桃

你可以讓我在這裡下車。
You can let me out here.
油　　肯　淚特　蜜　奧特　喜兒

就停在這裡吧。
Just pull over here.
架司特　撲了　歐飛兒　喜兒

自己 Check　出發前：7天○　6天○　5天○　4天○　3天○　2天○　1天○

149

可以開慢點嗎？

Could you please slow down a little?

庫　秋　普力司　司露　當恩　惡 力頭

好用單字

紅綠燈 **traffic light** 吹福客 來特	人行道 **sidewalk** 賽的 我可	道路標誌 **road sign** 弱的 賽印
標誌 **sign** 賽印	街區 **block** 不落可	地下道 **underpass** 安得趴司

8 ・ 糟糕！我迷路了　　Track **78**

我迷路了。

I think I'm lost.

愛　幸克　愛母 漏司特

你可以告訴我正確的方向嗎？

Can you point me in the right direction?

肯　油　潑印特　蜜 印 得　瑞特　得銳可想

我該怎麼去SOHO區呢？

How can I get to SOHO?

浩　肯 艾 給特兔　受厚

自己 Check　出發前：7天〇　6天〇　5天〇　4天〇　3天〇　2天〇　1天〇

有多遠呢？

How far is it?

浩　發兒 以司 衣特

從這裡到那裡只隔兩個街區。

It's only a couple of blocks from here.

以次　翁力 惡　　卡波 歐夫 不落可死　夫讓　喜兒

這條路直走。

Go straight down this street.

勾　　司翠特　　當恩　力司　司翠特

這條路走約50公尺。

Go down this street about fifty meters.

勾　　當恩 力司　司翠特　　阿抱特 吠福踢　迷特司

在第二個紅綠燈右轉。

Turn right at the second traffic light.

特恩　瑞特 阿特 得　　誰哨的　吹福客　來特

在第二個轉角左轉。

Turn left at the second corner.

特恩　力夫特 阿特 得　　誰哨的　　口呢

過橋後左轉。

Go across the bridge and take a left.

勾　惡可落司 得　布里急　安得 貼克 惡 力夫特

自己 Check　出發前：7天○　6天○　5天○　4天○　3天○　2天○　1天○

就在右邊。

It's on the right side.

以次　昂　得　瑞特　賽的

一直往前走，你一定到得了。

Go along and you're sure to get there.

勾　惡龍　安得　油兒　秀兒　兔　給特　淚兒

---

1 · 在旅遊諮詢中心

Track **79**

請給我觀光地圖。

Could I have a sightseeing map, please?

庫得 愛　黑夫　惡　　　賽新印 妹普，　　普力司

公車路線圖	地鐵路線圖
a bus route map	**a subway route map**
惡 巴士 入特 妹普	惡 沙伯未 入特 妹普
餐廳資訊	購物資訊
a restaurant guide	**a shopping guide**
惡 瑞司特讓 蓋得	惡 瞎拼 蓋得

自己 Check　出發前：7天○　6天○　5天○　4天○　3天○　2天○　1天○

2 · **有一日遊嗎**

12 詢問中心

你有一日遊嗎？
Do you have a full-day tour?
賭　油　黑夫 惡　富兒-爹　兔兒

半天 **a half-day** 惡 哈福 - 爹	晚上 **a night** 惡 耐特

例句

旅遊諮詢中心在哪裡？
Where is the tourist information center?
惠兒 以司 得　兔瑞司特　印佛妹迅　仙特

你有滑雪之旅嗎？
Do you have a tour for skiing?
賭　油　黑夫 兒 兔兒　佛　司基

什麼時候開門？
When is it open?
惠恩 以司 以特 歐噴

博物館今天有開嗎？
Is the museum open today?
以司 得　妙及阿母　歐噴　土爹

自己 Check　出發前：7天○ 6天○ 5天○ 4天○ 3天○ 2天○ 1天○

你知道去哪裡參加旅遊團嗎？
Do you know where to join a tour?
賭　油　諾　惠兒　兔　救印 兒 兔兒

他們有沒有講中文的導遊？
Do they have a Chinese-speaking guide?
賭　淚　黑夫 惡　　恰尼司-司屁金印　蓋得

博物館的入場費要多少錢？
How much does admission to the museum cost?
浩　　罵取　得司　　惡的秘想　兔　得　　妙及阿母　口司特

博物館內有咖啡廳嗎？
Is there a cafe in the museum?
以司 淚兒　惡 咖啡　印　得　　妙及阿母

你有語音導覽嗎？
Do you have an audio guide?
賭　油　黑夫 厭　歐弟歐　蓋得

遊覽車集合場所在哪裡？
Where is the pick-up point?
惠兒 以司 得　　屁可-阿普　波音特

自己 Check　出發前：7天○　6天○　5天○　4天○　3天○　2天○　1天○

3 **我要去迪士尼樂園** Track **81**

12 詢問中心

我要去迪士尼樂園。
I want to go to Disney Land.
愛　旺　兔　夠　兔　迪士尼　連的

看／煙火表演
see／a fireworks display
西／惡 懷兒我克 低司波淚

登山／某處
go hiking／somewhere
勾 害金印／山母惠兒

去／跳蚤市場
go to／a flea market
勾 兔／惡 福力 媽基特

看／百老匯表演
see／a Broadway show
西／惡 巴的威 秀

看／展覽
see／an exhibition
西／厭 耶可蝦必想

看／電影
see／a movie
西／惡 母微

看／籃球比賽
see／a basketball game
西／惡 八司克伯 給母

---

4 · 我要怎麼去艾菲爾鐵塔 · Track 82

我要去艾菲爾鐵塔（法國）。
I would like to go to the Eiffel Tower.
愛　巫的　賴克兔　夠　兔　得　　艾菲爾逃兒

羅浮宮（法國）
Louvre (France)
路娥（福藍司）

萬里長城（中國）
Great Wall of China (China)
哥銳特 我了 歐夫 恰那（恰那）

紫禁城（中國）
Forbidden City (China)
佛必等 西替（恰那）

吉薩金字塔（埃及）
Great Pyramids of Giza (Egypt)
哥銳特 屁拉秘的司 歐夫 基子啊（衣及普特）

人面獅身像（埃及）
Sphynx (Egypt)
司平克司（衣及普特）

泰姬瑪哈陵（印度）
Taj Mahal (India)
踏西碼好（因低啊）

澳洲大堡礁（澳洲）
Great Barrier Reef (Australia)
哥銳特 布累里兒 里福（喔司吹力亞）

自己 Check 出發前：7天○ 6天○ 5天○ 4天○ 3天○ 2天○ 1天○

12
詢問中心

雪梨歌劇院（澳洲）
Sydney Opera House (Australia)
夕的尼 歐陪拉 好司（喔司吹力亞）

尼加拉大瀑布（美國和加拿大）
Niagara Falls (USA and Canada)
奈阿哥拉 佛司（尤 耶司 耶 安得 肯那達）

大峽谷（美國）
Grand Canyon (USA)
哥辣嗯 肯尼宴尼（尤 耶司 耶）

自由女神像（美國）
Statue of Liberty (USA)
司透秋 歐夫 力布噁梯（尤 耶司 耶）

比薩斜塔（義大利）
Leaning Tower of Pisa (Italy)
林印 桃兒 歐夫 屁賣（衣特力）

好用單字

美術館 **art museum** 啊特 妙及阿母	博物館 **museum** 妙及阿母	動物園 **zoo** 入
水族館 **aquarium** 惡闊里惡母	公園 **park** 趴兒可	大廈 **building** 逼屋地印
大廳 **hall** 后了	圖書館 **library** 來布銳里	教堂 **church** 求及

自己 Check 出發前：7天○ 6天○ 5天○ 4天○ 3天○ 2天○ 1天○

5 ・ 我想騎馬

我想要去試試騎馬。
I'd like to try horseback riding.
艾得 賴克　兔　踹　　　厚兒司貝克 銳低恩

泛舟
rafting
累福停

滑翔翼
paragliding
陪拉哥來低恩

熱氣球之旅
hot air balloon riding
哈特 愛兒 跛路嗯 來低恩

跳傘
parachuting
陪拉舒梯恩

深海潛水
scuba diving
司庫跛 梯恩

高空彈跳
bungy jumping
班及 江拼

滑雪
skiing
司基印

射擊
shooting
休聽

例句

我可以租釣魚用具嗎？
Can I rent fishing tackle?
肯 艾 潤特　　吠心　　塔扣

自己 Check 出發前：7天○　6天○　5天○　4天○　3天○　2天○　1天○

腳踏車出租店在哪裡？

Where is the bicycle rental shop?

惠兒 以司 得　　拜夕扣　　瑞頭　　下普

我可以租些裝備嗎？

Can I rent some equipment?

肯 艾 潤特　　山母　　衣盔普妹特

這是什麼樣的活動？

What kind of event is it?

華特　開恩的 歐夫 衣凡特 以司 衣特

在哪裡舉辦？

Where is it held?

惠兒 以司 以特 黑了的

幾點開始？

What time does it start?

華特　太母　得司 以特 司大特

---

6 ● 景色真美耶　　Track **84**

景色真美耶！

What a great view!

華特 惡　哥銳特 非尤

自己 Check　出發前：7天○　6天○　5天○　4天○　3天○　2天○　1天○

159

真是漂亮！

How beautiful!

好　　屁尤底佛

食物很好吃。

The food is really yummy.

得　父的　以司　銳而利　洋秘

我喜歡這裡的氣氛。

I like the atmosphere here.

艾 賴克　得　　啊特母斯菲　喜兒

那真大呀！

That's so huge!

列此　受　喝尤急

這是法國最古老的美術館。

This is the oldest museum in France.

力司 以司 得 歐地司特　妙及阿母 印　福藍司

有多古老？

How old is it?

浩　歐了的 以司 衣特

有一千多年了。

It's over one thousand years old.

以次　歐飛兒　萬　　沙層嗯　　易兒司 歐得

自己 Check　出發前： 7天〇　6天〇　5天〇　4天〇　3天〇　2天〇　1天〇

我可以拍你幾張照片嗎？

Shall I take some pictures of you?

休　愛　貼克　　山母　　皮客求司　歐夫　油

打擾您一下，可以請您幫我們拍照嗎？

Excuse me, sir. Could you take a picture of us?

衣克司求司 密，社兒。　　庫　　秋　　貼克 惡　　皮客求 歐夫 阿司

各位，笑一個。

Smile, everyone!

司麥了，　　耶飛萬

---

7 • **帶老外玩台灣**

Track **85**

你明天要去哪裡？

Where are you going tomorrow?

惠兒　阿　　油　　勾印　　土馬肉

一我們要去宜蘭。

—We're going to Yilan.

—　　威兒　　勾印 兔　宜蘭

彰化
Changhua
彰化

嘉義
Chiayi
嘉義

新竹
Hsinchu
新竹

花蓮
Hualien
花蓮

高雄
Kaohsiung
高雄

基隆
Jilong／Keelung
基隆

金門
Jinmen／Kinmen
金門

連江縣
Lienchiang
連江

苗栗
Miaoli
苗栗

南投
Nantou
南投

澎湖
Penghu
澎湖

屏東
Pingtung
屏東

臺中
Taichung
臺中

臺南
Tainan
臺南

臺北
Taipei
臺北

臺東
Taitung
臺東

桃園
Taoyuan
桃園

雲林
Yunlin
雲林

＊新北市
New Taipei City
紐 臺北 西替

自己 Check   出發前：7天○   6天○   5天○   4天○   3天○   2天○   1天○

你的板橋林家花園之旅如何？

How was your trip to the Lin Family Garden?

浩　哇司　油兒　催普　兔　林　發秘力 卡兒等

一非常的有趣！

—It was fun!

── 衣特 哇司 發嗯

台北木柵動物園
Taipei Mu Cha Zoo
台北 木柵 入

台北 101 大樓
Taipei 101
台北 萬歐萬

總統府
the Presidential Office Building
得 普銳怎的求 歐非司 逼屋地印

中正紀念堂
Chiang Kai-shek Memorial Hall
蔣開設 妹母力歐 好

台北忠烈祠
the Martyrs Shrine
得 媽塔兒 率

國立故宮博物院
the National Palace Museum
得 內訓歐 怕力司 妙及阿母

自己 Check　出發前：7天○　6天○　5天○　4天○　3天○　2天○　1天○

國父紀念館
Sun Yat-sen Memorial Hall
孫頁仙 妹母力歐 好

三峽清水祖師廟
Sansia Ching Shui Tsu Shih Temple
三峽 清水祖師 天波

基隆市廟口小吃
Jilong／Keelung Miaokou Snacks
基隆 廟口 司內可司

大坑森林遊樂區
Dakeng Scenic Area
大坑 心尼可 耶里惡

台中民俗公園
Taichung Folk Park
台中 否可 趴兒可

六合夜市
Liu-ho Night Market
六合 耐特 媽基特

愛河公園
Love River Park
辣佛 瑞佛 趴兒可

墾丁國家公園
Kenting National Park
墾丁 內訓若 趴兒可

8 ● 我要看獅子王　Track **86**

我想看獅子王。
I'd like to see the Lion King.
艾得 賴克　兔　西　得　賴恩 金印

自己 Check　出發前：7天○　6天○　5天○　4天○　3天○　2天○　1天○

| 美女與野獸
Beauty & the Beast
比烏梯 煙得 得 比司特 | 貓
Cats
卡之 |
| 芝加哥
Chicago
芝加哥 | 42 號街
42nd Street
否梯誰看的 司翠特 |

9 · 買票看戲 Track **87**

我們買票必須排隊。

We have to wait in line to buy our tickets.

威　黑夫　兔　未特印　來嗯　兔　拜　奧兒　梯基此

有座位嗎？

Are there any seats?

阿　　貼兒　宴尼　西此

一張票多少錢？

How much is a ticket?

浩　　罵取　以司 惡 梯基特

下一個表演是在什麼時候？

What time is the next show?

華特　太母　以司 得　內克司　秀

自己 Check　出發前：7天〇　6天〇　5天〇　4天〇　3天〇　2天〇　1天〇

有沒有中場休息時間？

Is there an intermission?

以司 貼兒　厭　　因特秘訓

我們可以在裡面喝東西嗎？

Can we drink inside?

肯　威　准可　因塞的

你們會給學生打折嗎？

Is there a student discount?

以司 貼兒 惡 司丟等特 低司康特

你們有沒有較便宜的座位？

Do you have any cheaper seats?

賭 油 黑夫 宴尼 七波 西此

可以給我節目表嗎？

Could I have a program, please?

庫得 愛 黑夫 惡 普弱哥累母，普力司

我要好位子的。

I want a good seat.

愛 旺特 惡 古得 西次

請給我三張票。

Three tickets, please.

素力 梯基此，普力司

自己 Check　出發前：7天○　6天○　5天○　4天○　3天○　2天○　1天○

好用單字

中間的座位 **center seats** 仙特 西此	交響樂團 **orchestra** 歐基司特拉	夾層前排 **front mezzanine** 夫郎特 媚子尼
夾層 **mezzanine** 媚子尼	夾層後排 **rear mezzanine** 銳兒 媚子尼	包廂 **balcony** 拔了肯尼
非對號座位 **unreserved seat** 昂瑞色得 西特		站位 **standing room** 司天丁 潤
白天場 **matinee** 媽特內		晚上場 **evening performance** 衣佛您 爬佛門司

12 詢問中心

10 • 哇！他的歌聲真棒

Track **88**

哇！這歌手真棒！
Wow! The <u>singer</u> is wonderful!
哇嗚　得　心給兒 以司　萬得佛

電影 **movie** 母微	表演 **show** 秀	百老匯表演 **Broadway show** 布拉為 秀
電影 **film** 吠了母	音樂會 **concert** 康舍特	歌劇 **opera** 歐陪拉
諷刺短劇 **skit** 司基特	戲 **play** 波累	芭蕾舞 **ballet** 拔淚
戲劇 **drama** 抓拉馬	遊行 **parade** 趴銳的	露天劇場 **open-air theater** 歐噴 - 愛兒 西兒特

例句

太棒了！
Bravo!
布辣佛

太好了！
Fantastic!
凡踏司梯可

再來一次！/ 安可！
Encore!
安可

自己 Check 出發前：7天〇 6天〇 5天〇 4天〇 3天〇 2天〇 1天〇

真是糟糕！

Awesome!

歐山母

---

11 · 附近有爵士酒吧嗎

Track
89

附近有爵士酒吧嗎？

Is there a jazz pub around here?

以司　涙兒　惡 夾司　泊布　　餓讓得　喜兒

鋼琴酒吧 **piano bar** 屁啊諾 八兒	夜總會 **night club** 耐特 克拉布	舞廳 **disco** 低司口

劇場附設餐廳 **theater restaurant** 西兒得 瑞司特讓		酒吧 **bar** 巴兒

酒店 **cabaret** 卡跛銳	小餐館 **cafe** 卡非	咖啡廳 **coffee shop** 咖啡 下普	賭場 **casino** 卡西諾

自己 Check 出發前：7天○ 6天○ 5天○ 4天○ 3天○ 2天○ 1天○

我要香檳。
I'll have champagne.
艾兒　黑夫　　　香檳

威士忌 **whisky** 威士忌	白蘭地 **brandy** 布蘭地	蘇格蘭威士忌 **scotch** 司卡取
琴酒 **gin** 進	馬丁尼 **a martini** 惡 馬丁尼	龍舌蘭酒 **tequila** 特基拉

不加水 **it straight** 以特 司翠特	加水 **it with water** 以特 位子 歐夫 我特
（啤酒）小杯 **a half pint** 惡 哈福 派恩特	（啤酒）大杯 **one pint** 萬 派恩特

例句

今晚有現場演奏嗎？
Do you have a live performance tonight?
賭　油　　黑夫 惡 來佛　　　怕佛媽司　　　兔耐特

自己 Check　出發前：7天○　6天○　5天○　4天○　3天○　2天○　1天○

170

有穿著限制嗎？

Do you have a dress code?
賭　油　黑夫 惡　最司　扣得

您要喝些什麼飲料嗎？

Would you like something to drink?
巫的　油　賴克　山母幸　兔　准可

給我生啤酒。

Some draft beer, please.
山母　得拉夫特 比兒，　普力司

乾杯！

Cheers!
起兒司

再來一杯！

One more, please.
萬　摸兒，　普力司

12 詢問中心

---

12 · 看棒球比賽

Track **90**

我要靠一壘的位子。

A seat on the first base line, please.
惡　西次　昂　得　佛司特 背司　來恩，　普力司

自己 Check　出發前：7天○　6天○　5天○　4天○　3天○　2天○　1天○

靠三壘的
on the third base line
昂 得 社兒的 背司 來恩

靠內野的
in the infield section
因 得 因吠了的 塞克迅

靠外野的
in the outfield section
因 得 傲特吠了的 塞克迅

靠本壘的
behind home plate
必害的 厚母 波類的 塞克迅

例句

哪些隊在比賽？
Which teams are playing?
威取　　踢母司 阿　　普累因

現在打到哪一局了？
What inning is it?
華特　　印寧 以司 衣特

打到7局後半了。
It's the bottom of the seventh.
以次 得　　八特母　　歐夫 得　　誰凡的

你最喜歡哪一隊？
What is your favorite team?
華特 以司 油兒　　非瑞得　　踢母

帶我去看棒球賽吧！
Take me out to the ball game!
貼克　　密　　奧特 兔 得　　伯了　　給母

自己 Check 出發前：7天○ 6天○ 5天○ 4天○ 3天○ 2天○ 1天○

你認為哪一隊會贏？

Who do you think is going to win?

戶　賭　油　　幸克 以司　勾印　兔 我贏

我是<u>西雅圖水手隊</u>的球迷。

I'm a(an) <u>Seattle Mariners</u> fan.

愛母　惡（厭）　西雅圖　　媽林潤司　發嗯

巴爾的摩金鶯隊 **Baltimore Orioles** 巴爾的摩 歐里歐司	波士頓紅襪隊 **Boston Red Sox** 波士頓 瑞得 受可死
紐約洋基隊 **New York Yankees** 紐約洋基司	坦帕灣魔鬼魚隊 **Tampa Bay Devil Rays** 坦帕 背 爹夫 銳司
多倫多藍鳥隊 **Toronto Blue Jays** 多倫多 不魯 尖司	芝加哥白襪隊 **Chicago White Sox** 芝加哥 懷特 廈克司
克里夫蘭印第安人隊 **Cleveland Indians** 克里夫蘭 印第安司	底特律老虎隊 **Detroit Tigers** 低吹特 太格司

自己 Check 出發前：7天○ 6天○ 5天○ 4天○ 3天○ 2天○ 1天○

堪薩斯皇家隊 **Kansas City Royals** 堪薩斯 西替 弱有司	明尼蘇達雙城隊 **Minnesota Twins** 明尼蘇達 兔因司

洛杉磯天使隊
Los Angeles Angles of Anaheim
洛杉磯勒斯 恩酒司 歐夫 耶呢害

奧克蘭運動家隊 **an Oakland Athletics** 厭 奧克蘭 阿斯淚梯可司	德州游騎兵隊 **Texas Rangers** 貼可蝦司 潤九司

好用單字

棒球賽 **baseball game** 背司伯 給母	投手 **pitcher** 屁球	捕手 **catcher** 卡球
打擊者 **batter** 拔特	經理 **manager** 媽尼九	三振 **strikeout** 司催克奧特

四壞球 **walk** 我可	盜壘 **steal** 司梯歐
全壘打 **homerun** 厚母浪	再見全壘打 **walk off home run** 我可 歐福 厚母浪

自己 Check 出發前：7天○ 6天○ 5天○ 4天○ 3天○ 2天○ 1天○

13 · 看籃球比賽   Track **91**

⑫ 詢問中心

我要去看<u>籃球賽</u>。
I'd like to go to a <u>basketball game.</u>
艾得 賴克　兔 夠　兔 惡　　八司克伯 給母

美式足球賽 **football game** 夫特伯 給母	足球賽 **soccer game** 沙可 給母

網球賽 **tennis match** 貼尼司 罵取	高爾夫球賽 **golf match** 勾福 罵取	曲棍球賽 **hockey game** 哈給 給母

拳擊賽 **boxing match** 八克性 罵取	賽車 **car race** 卡 瑞司

例句

你最喜歡哪個選手？
Who is your favorite player?
乎　以司 油兒　非佛瑞特　波淚噁

我是紐約尼克隊的超級球迷。
I'm a big fan of the New York Knicks.
愛母 惡 必哥 發嗯 歐夫 得　　紐 約克　尼克司

自己 Check　出發前：7天○　6天○　5天○　4天○　3天○　2天○　1天○

175

能請你簽名嗎？

May I have your autograph?

妹　愛　黑夫　油兒　喔特哥拉福

入口在哪裡？

Where is the entrance?

惠兒　以司得　宴潤司

販賣場在哪裡？

Where is the concession stand?

惠兒　以司得　肯沙訓　司天得

投籃！

Shoot it!

休　衣特

防守！

Defense!

低凡司

妙傳！

Nice pass!

耐司　趴司

好球！

Nice shot!

耐司　蝦特

自己 Check　出發前：7天○　6天○　5天○　4天○　3天○　2天○　1天○

好用單字

傳球 **pass** 趴司	工作人員 **official** 歐非休	犯規 **foul** 發歐
灌籃 **slam dunk** 司拉母 檔克	大滿貫 **grand slam** 哥連 司拉母	得分 **score** 司口兒
觸地得分 **touchdown** 他妻擋		18 比 20 **18 to 20** 耶聽 兔 團體

1 · **你臉色看起來不太好呢** · Track **92**

你臉色看起來不太好。

You don't look well.
　油　　洞特　　路克　餵兒

你怎麼了？

What's wrong?
　　華次　　　弱恩

我想我生病了。

I think I'm sick.
　愛　幸克　　愛母　夕可

自己 Check　出發前：7天〇　6天〇　5天〇　4天〇　3天〇　2天〇　1天〇

我看你最好還是去看醫生。
I think you had better go to see a doctor.
愛　幸克　油　　黑得　貝特　夠　兔　西惡　達可特

麻煩你打911。
Call 911, please.
扣 奈嗯 萬 萬，普力司

醫院在哪裡？
Where's the hospital?
惠兒司　　得　　哈司屁投

醫生在哪裡？
Where's the doctor?
惠兒司　　得　　達可特

我沒關係，我只是需要休息一下。
I'll be OK. I just need to rest.
艾兒 比 歐克也。愛 架司特 逆得　兔　銳司特

你有維他命C嗎？
Do you have any vitamin C?
兔　油　黑夫 宴尼　外特秘嗯 夕

你可以做雞湯給我吃嗎？
Can you make me some chicken soup?
肯　油　妹克　密　山母　七肯　　舒普

自己 Check　出發前：7天○　6天○　5天○　4天○　3天○　2天○　1天○

2 ‧ 我要看醫生 Track **93**

我要看內科醫生。

I'd like to see a medical doctor.

艾得 賴克 兔 西 惡 　媚低扣 達可特

外科醫生 **a surgeon** 惡 社兒俊	小兒科醫生 **a pediatrician** 惡 屁低惡翠訓
婦科醫生 **a gynecologist** 惡 該呢卡樂及	眼科醫生 **an ophthalmologist** 厭 阿波媽樂及

3 ‧ 我肚子痛 Track **94**

我肚子痛。

I have a stomachache.

愛 黑夫 惡 　司達母給

頭痛 **a headache** 惡 黑的給	流鼻涕 **a runny nose** 惡 拉尼 諾司	背痛 **a backache** 惡 貝克給

自己 Check 出發前：7天○ 6天○ 5天○ 4天○ 3天○ 2天○ 1天○

牙痛 **a toothache** 惡 兔司給	耳朵痛 **an earache** 厭 衣兒給	感冒 **the flu** 得 福路
發燒 **a fever** 惡 福娥	咳嗽 **a cough** 惡 空福	喉嚨痛 **a sore throat** 惡 受兒 弱特
食物中毒 **food poisoning** 父的 潑姨怎您		腹瀉 **diarrhea** 代惡里惡

我覺得渾身無力。
I feel weak.
愛 非了　威可

渾身發冷 **chilly** 缺力	非常疲倦 **very tired** 飛里 太兒的
身體發熱 **feverish** 吠北里司	想吐 **sick** 夕可

自己 Check 出發前：7天〇 6天〇 5天〇 4天〇 3天〇 2天〇 1天〇

我在<u>發冷</u>。
I am <u>cold</u>.
愛　母　扣得

頭暈 **dizzy** 低記	昏沉沉 **drowsy** 到記
對…過敏 **allergic to...** 惡樂及可 兔…	便秘 **constipated** 看司特配梯的

例句

我感到渾身無力而且頭痛。
I feel weak and have a headache.
愛 非了 威可 安得 黑夫 惡 黑的給

可能這幾天我太累了。
Maybe I'm too tired these days.
妹背　愛母　兔　太兒　地司　爹司

謝謝你的關心。
Thanks for your concern.
山渴死　佛　油兒　看社兒嗯

自己 Check 出發前：7天○ 6天○ 5天○ 4天○ 3天○ 2天○ 1天○

181

你有阿司匹靈嗎?
Do you have any aspirin?
賭　油　　黑夫　宴尼　阿司匹靈

好用單字

腸胃炎 **GI (gastrointestinal) infection** 及愛(給司疼貼司停若)因非可訓		心臟病發 **heart attack** 哈特 惡貼可
高血壓 **high blood pressure** 害 不拉特 普拉舍		哮喘 **asthma** 阿子麻
糖尿病 **diabetes** 代惡必梯司	骨折 **a broken bone** 惡 不肉肯 剝嗯	抽筋 **a sprain** 惡 司普瑞恩

我頭痛。
My <u>head</u> hurts.
麥　　黑的　　喝兒此

肚子 **tummy** 達秘	腳 **foot** 夫特	背 **back** 貝克

手腕 **wrist** 瑞司特	耳朵 **ear** 衣兒	下背部 **lower back** 露噁 貝克
手臂 **arm** 啊母	喉嚨 **throat** 斯弱特	牙 **tooth** 兔子
脖子 **neck** 內可		膝蓋 **knee** 尼

4 ‧ 把嘴巴張開

Track **95**

你有覺得什麼地方不舒服嗎？

Do you feel any discomfort?
賭　油　非歐　宴尼　低司砍佛特

你不冷嗎？

Aren't you cold?
安　　酒　扣特

我沒有胃口。

I don't feel like eating.
愛 洞特　非了　賴克　衣停

自己 Check 出發前：7天○ 6天○ 5天○ 4天○ 3天○ 2天○ 1天○

183

請躺下。

Please lie down.

　　普力司　賴　　檔

這裡痛嗎？

Does it hurt?

　　得司 以特 喝兒特

把嘴巴張開。

Open your mouth.

　　歐噴　　油兒　　貓司

讓我看看你的眼睛。

Let me look at your eye.

　　瑞特　密　　路克 阿特 油兒　愛

我幫你開藥方。

I'll write you a prescription.

　　艾兒　銳特　　油 惡　　普司跪普訓

深呼吸。

Take a deep breath.

　　貼克 惡　低普　　布銳司

我們需要幫你照X光。

We need to take an X-ray.

　　威　　逆得　　兔　貼克 厭　耶渴死瑞

自己 Check　出發前：7天○　6天○　5天○　4天○　3天○　2天○　1天○

我可以繼續旅行嗎？

Can I continue my trip?

肯 艾　　看梯牛　麥 催普

大約一星期就好了吧！

You will get well in one week.

油　為而 給特 餵兒 印　萬　威可

我需要住院嗎？

Do I need to be hospitalized?

賭 艾　逆得 兔 比　哈司屁投來子的

需要（不需要）。

Yes（No）.

也司（諾）

---

5 · 一天吃三次藥

Track **96**

一天服用三次。

Three times daily.

素力　太母司　爹力

（說明）寫在瓶子上的這裡。

It's on the bottle here.

以次 昂 得　巴頭 喜兒

自己 Check　出發前：7天○　6天○　5天○　4天○　3天○　2天○　1天○

185

每天要服用這個三次。

Take this three times daily.

貼克　力司　　素力　　太母司 爹力

飯後服用。

Take this after meals.

貼克　力司　阿福特 迷兒司

七日用藥。

Seven days of medication.

誰吻 爹司　歐夫　　媚低給訓

你有沒有對什麼藥物過敏嗎？

Are you allergic to any medication?

阿　　油　啊淚兒基克　兔　宴尼　　媚低給訓

好用單字

藥局 pharmacy 發母夕	感冒藥 cold medicine 扣得 媚達深	退燒藥劑 an antipyretic 厭 厭梯普愛銳梯可
胃藥 medicine for the stomach 媚達深 佛 得 司達秘可		消化藥 a digestive 惡 達尖司梯服
抗生素 antibiotics 厭太拜啊梯克司	阿司匹靈 aspirin 阿司匹靈	止痛藥 pain killer 配嗯 給了

自己 Check　出發前：7天○　6天○　5天○　4天○　3天○　2天○　1天○

186

保險套 **a condom** 惡 看達母	痰 **phlegm** 福淚母	汗 **sweat** 師為特	腫脹 **swelling** 師我林

⑬ 看病

6 ● 我覺得好多了

Track **97**

我覺得好多了。

I feel much better.

愛 非了　罵取　貝特

我現在覺得又是一條活龍。

I'm as good as new!

愛母 啊司　古得　啊司　紐

我壯得像頭馬(牛)。

I'm as healthy as a horse.

愛母 啊司　好西　啊司 惡 厚兒司

小記

1 ・ 我遺失了護照

我遺失了護照。

I lost my passport.
愛 漏司特 麥 扒司波特

信用卡 **credit card** 克瑞滴特 卡得	鑰匙 **keys** 基司	照相機 **camera** 卡賣拉
行李 **luggage** 辣基急	飛機票 **flight ticket** 福來特 梯基特	項鏈 **necklace** 內可力司
手錶 **watch** 哇取		眼鏡 **glasses** 哥拉西司

自己 Check 出發前：7天○ 6天○ 5天○ 4天○ 3天○ 2天○ 1天○

我的<u>皮夾</u>被偷了。

My <u>wallet</u> was stolen.
麥　哇力特　哇司　司投冷

飛機票 **airline ticket** 愛兒來恩 梯基特	筆記型電腦 **laptop** 拉普投普	提款卡 **ATM card** 耶 梯 也母 卡得
戒指 **ring** 玲	手提箱 **suitcase** 舒特 克也司	皮包 **bag** 八哥
手機 **cell phone** 誰了 否嗯		錢 **money** 媽尼

自己 Check　出發前：7天○　6天○　5天○　4天○　3天○　2天○　1天○

2・ 我把它忘在公車上了   Track 99

我把它忘在公車上了。

I left it <u>on the bus</u>.

愛 力夫特　以特　昂 得 巴士

在火車上 **on the train** 昂 得 翠恩	在桌上 **on the table** 昂 得 貼剖	在計程車裡 **in the taxi** 因 得 貼克西
在飯店裡 **in the hotel** 因 得 后貼兒	在 101 房裡 **in room 101** 因 潤 萬歐萬	在收銀台上 **at the cashier** 阿特 得 卡許兒

例句

不要跑！小偷！

Stop! Thief!

司豆普　低福

救命啊！我被搶了！

Help! I've just been mugged!

黑兒普！愛　架司特　背因　罵歌

天啊！我該怎麼辦？

Oh, no! What shall I do?

歐, 諾　華特　休 愛 賭

自己 Check 出發前：7天〇　6天〇　5天〇　4天〇　3天〇　2天〇　1天〇

14

遇到麻煩

我遇到了麻煩。

I am having some trouble.

愛 阿母　哈非因　　山母　　特拉剎

我想有人拿去了。

I think someone took it.

愛 幸克　　　山萬　　兔可 衣特

你可以幫忙找嗎？

Can you help me find it?

肯　　油　黑兒普　密　發音 衣特

請幫助我。

Would you help me, please?

巫的　　油　　黑兒普 蜜，　普力司

天啊！這真是棒呆了！（說反話）

Oh, man! This is just great!

歐，　兔　　力司 以司 架司特 哥銳特

我該報警嗎？

Should I call the police?

休得　愛 扣　　得　　普力司

我裡面有大概三百美元。

There was about 300 US dollars inside it.

貼兒　　哇司　阿抱特 素力甜醉的 幽司 達了司　因賽　衣特

【 I good 英語 ❶ 】

出發前7天
旅遊英語

■**著者**
里昂／保羅傑克遜

■**發行人**
林德勝

■**出版發行**
山田社文化事業有限公司
106 臺北市大安區安和路一段 112 巷 17 號 7 樓
電話 02-2755-7622／傳真 02-2700-1887

■**郵政劃撥**
19867160號　　大原文化事業有限公司

■**總經銷**
聯合發行股份有限公司
新北市新店區寶橋路 235 巷 6 弄 6 號 2 樓
電話 02-2917-8022／傳真 02-2915-6275

■**印刷**　上鎰數位科技印刷有限公司

■**法律顧問**　林長振法律事務所　林長振律師

■**出版日**　2015年05月 初版

■**定價**　書＋MP3 新台幣299元

■**ISBN**　978-986-246-420-5